MAJOR LEAGUER

메이저리거

FUSION FANTASTIC STORY

강성곤 장편 소설

메이저리거 3

강성곤 장편소설

초판 1쇄 찍은 날 § 2015년 12월 1일
초판 1쇄 펴낸 날 § 2015년 12월 8일

지은이 § 강성곤
펴낸이 § 서경석

편집책임 § 김현미

펴낸곳 § 도서출판 청어람
등록번호 § 제387-1999-000006호
등록일자 § 1999. 5. 31
어람번호 § 제1-2301호

주소 § 경기도 부천시 원미구 부일로 483번길 40 서경B/D 3F (우) 14640
전화 § 032-656-4452 팩스 § 032-656-4453
http://www.chungeoram.com
E-mail § chungeorambook@daum.net

ISBN 979-11-04-90537-7 04810
ISBN 979-11-04-90490-5 (세트)

MAJOR LEAGUER

메이저리거

FUSION FANTASTIC STORY

강성곤 장편 소설

3

도서출판 청어람

MAJOR LEAGUER
메이저리거

목차

제1장

춤추는 나비

해가 뉘엿뉘엿 넘어갈 시간이 되자 애로우헤드 크레딧 유니언 파크에 사람들이 하나둘 들어차며 이내 활기가 넘치기 시작했다.

어제의 승리로 인랜드 엠파이어 식스티 식서스는 하이 데저트 메버릭스와의 승차를 없애 버렸고, 27승 28패로 공동 3위에 랭크되어 있었다.

그래서인지 경기장에 들어선 양 팀 팬들의 분위기는 사뭇 다른 모습이었다.

식스티 식서스의 팬들은 2연승의 분위기를 이끌어가길 기대하며 흥분된 표정으로 큰 목소리를 내고 있었다.

"오늘도 이기면 단독 3위로 올라가는 거야!"
"강! 오늘도 한 방 날려 달라고!"
"3연승 가자!"
반면 하이 데저트 메버릭스의 팬들은 4위로 떨어질까 우려되는 듯 웃음기가 없는 표정으로 식스티 식서스의 팬들과는 다른 의미의 거친 목소리를 내고 있었다.
"젠장, 4위는 안 된다고!"
"고! 고! 메버릭스!"
"연패는 용납 못한다! 식스티 식서스 놈들을 떨궈내 버려!"

—연패를 끊어내고 2연승을 기록하고 있는 인랜드 엠파이어 식스티 식서스와 3위 자리를 위협받고 있는 하이 데저트 메버릭스! 그 맞대결을 어제에 이어 오늘도 식스티 식서스의 홈구장인 애로우헤드 크레딧 유니언 파크에서 보내드립니다!
—최근 두 경기 핫 이슈는 단연 이 선수죠?
—예. 저희가 이름을 이야기하지 않아도 시청자 여러분께서는 그 주인공이 누구인지 다들 아시리라 생각됩니다. 바로 한국에서 온 슈퍼 루키! 강민우 선수입니다.
—팬들은 벌써부터 승리의 요정이니, 킹캉(King Kang)이니 하며 어떤 별명을 붙여야 할지 다투고 있다고 하더군요.
—아니, 그게 정말입니까? 하하하!
—선수 본인은 어떤 별명을 마음에 들어 할지 궁금한데요.

—그런 팬들의 반응처럼 강민우는 단 두 경기 만에 공격과 수비 양면에서 자신의 진가를 톡톡히 보여주었습니다. 여기서 저는 이 선수가 없었다면 연승은 힘들었으리라고 감히 평가하고 싶습니다.

—저도 동의하는 바입니다. 하지만 오늘도 그 활약을 이어 갈 수 있을까요? 오늘 메버릭스의 선발투수는 바로 차세대 너클볼러로 각광받고 있는 제이콥 와일드 선수입니다.

—아! 와일드 선수라면 전설적인 너클볼 투수, 필 니크로에게서 너클볼을 하사받은 것으로 유명하죠?

—예, 그렇습니다. 현재까지…….

경기 시작 전, 라커룸에 모인 선수들은 삼삼오오 모여 수다를 떨며 왁자지껄한 모습으로 여유를 즐기고 있었다.

"좋지 않은 소식이야. 오늘 메버릭스 선발투수가 와일드로 바뀌었다는군."

뒤늦게 라커룸에 들어오며 내뱉은 델모니코의 한마디에 잠시 정적이 흐른 뒤, 선수들이 술렁이기 시작했다.

"뭐? 와일드?"

"오 이런… 하필이면 왜 오늘이야."

민우를 비롯해 아직 와일드를 상대해 보지 못한 선수들은 무슨 일이냐는 듯한 표정을 지어 보였다.

"뭐야? 와일드가 누군데 그래?"

민우의 물음에 유니폼의 단추를 채우던 실베리오가 슬픈 눈빛을 띠며 민우를 바라봤다.

"야구공 대신 나비를 뿌리는 녀석이야."

"뭐야. 장난하지 마."

민우가 뚱한 표정으로 나무라자 실베리오는 억울하다는 듯 눈을 동그랗게 뜨며 말을 이었다.

"장난이라니? 진짜라고! 와일드는 나비를 부릴 줄 안다고! 그것도 춤추는 나비를!"

순간 민우는 투수의 손에서 주먹만 한 나비가 날개를 팔랑거리며 홈 플레이트로 날아오는 상상을 했지만 이내 정신을 차리곤 고개를 털어버렸다.

"아니, 나비가 도대체 뭔데 그래?"

"나비 몰라? 너클볼 말고 나비라고 불리는 게 또 있어?"

"너클볼?"

"그래! 너클볼!"

실베리오의 입에서 '너클볼'이라는 말이 나온 순간 선수들의 표정이 더욱 어두워졌다.

보통 패스트볼을 비롯해 일반적으로 알려진 구종들은 공에 회전을 주어 원하는 방향으로 날아가도록 하는 것들이 거의 대부분이다.

하지만 너클볼은 그들과 반대로 공의 회전을 0에 가깝게 하는 무회전의 공을 말한다.

이러한 너클볼의 단점은 만약 공을 제대로 튕기지 못해 회전이 발생한다면 타자에게는 배팅볼 만큼이나 달콤한 공이 되어버린다는 것이다.

만약 공을 제대로 튕겨서 회전이 걸리지 않는다면 바람이 부는 대로 이리저리 움직이게 되는데, 이때 야구공에 비대칭으로 자리한 실밥의 영향으로 공이 더더욱 불규칙한 움직임을 보이게 된다.

이러한 너클볼의 특성상 포수들은 폭투에 대비해 평소보다 몸을 더욱 긴장해야 하고, 일반적으로 사용하는 포수 글러브보다 훨씬 큰 소프트볼용 글러브를 사용하는 등의 노력을 필요로 한다.

하지만 그러한 노력에도 불구하고 폭투를 피하는 것은 좀처럼 쉬운 일이 아닌지라 한 경기에도 수십여 개의 폭투가 나오는 일이 다반사이기도 하다.

제대로만 구사할 수 있다면, 제대로 잡아줄 포수가 있다면 타자들에겐 악몽과도 같은 공이 바로 너클볼인 것이다.

'너클볼이라면… 무회전으로 던지는 공이잖아?'

민우는 메이저리그 중계를 통해 너클볼을 몇 번 보았던 기억이 떠올랐다.

그중 가장 인상적인 장면은 보스턴 레드삭스의 너클볼러,

팀 웨이크필드가 던진 너클볼에 타자가 헛스윙을 했지만 포수가 공을 잡아내지 못하며 스트라이크 낫아웃으로 출루에 성공하는 모습이었다.

던지는 투수도, 때리는 타자도, 받는 포수도 어디로 날아갈지 예측할 수 없는, 그래서 마구라고 불리는 구종이 바로 너클볼이었다.

'그런 공을 던지는 투수가 마이너리그에 있다고?'

민우가 멍하니 생각에 잠겨 있는 모습을 본 실베리오가 '흠흠' 하는 소리를 내며 민우를 현실로 불러왔다.

"우리가 타석에서 할 수 있는 건 와일드의 너클볼이 무뎌지길 바라며 평소처럼 최선을 다하는 것뿐이야."

실베리오는 자신이 뱉은 말임에도 무엇이 웃긴지 피식거리며 장비를 챙겨 들었다.

"자, 나가자고."

"오우!"

실베리오의 외침에 선수들이 하나둘 라커룸을 빠져나가기 시작했다.

'오늘 좋은 모습을 보여준다면 채프먼이 날 인정할 수밖에 없겠지. 저 애송이 녀석은 너클볼을 상대해 본 경험조차 없을 테니, 기필코 오늘 내가 네 녀석보다 더 뛰어나다는 것을 알려주고 그 높은 콧대를 꺾어주마.'

실베리오와 수다를 떨며 라커룸을 빠져나가던 민우의 뒷모습을 노려보던 덴커도 이내 장구를 챙겨 라커룸을 빠져나갔다.

인랜드 엠파이어 식스티 식서스의 선발투수는 데뷔 2년 차 좌완 투수인 애런 밀러였다.

밀러는 95마일(152km)의 빠른 패스트볼에 커브와 체인지업을 섞어 던지는 피칭 스타일을 가진 선수였다.

데뷔 첫해 싱글A에서 103이닝을 던지며 삼진을 124개나 뽑아내 주목을 받은 뒤, 올 시즌 하이 싱글A로 올라오자마자 식스티 식서스 선발진의 한 축을 담당하고 있었다.

다만 뛰어난 삼진 능력에 비해 볼넷도 55개나 내어주며 제구력이 상당히 들쭉날쭉한 모습을 보이는 것은 단점이라고 할 수 있었다.

"플레이볼!"

1회 초, 주심의 경기 시작을 알리는 사인과 함께 밀러는 메버릭스의 1, 2번 타자를 연속 땅볼로 아웃시켰다.

슈우욱!

딱!

"중견수!"

포수 델모니코의 외침이 나오기 전 이미 달리기 시작한 민우는 여유 있는 걸음걸이로 낙구 위치에 도달해 있었다.

팍!

민우의 글러브에 공이 포구되는 소리와 함께 1회 초 메버릭스의 공격은 공 5개로 순식간에 마무리되었다.

팡!

"스트라이크 아웃!"

'저게 바로 와일드의 너클볼…….'

민우는 와일드가 뿌린 공을 보는 순간 실베리오의 '나비'라는 표현이 비로소 이해가 되었다.

와일드의 너클볼은 구속이 60마일 후반(약 110㎞)에 불과했지만 꽃향기에 취한 나비처럼 상하좌우로 꿈틀거리는 모습으로 그 궤적을 예측하는 것은 불가능해 보였다.

식스티 식서스의 1번 타자 부스를 시작으로 2번 구티에레즈, 3번 레이븐까지 와일드의 너클볼에 배트를 헛돌리며 속수무책으로 아웃 카운트 3개를 헌납했고, 순식간에 1회 말이 끝나 버렸다.

2회 초, 메버릭스의 타자들은 1회와 마찬가지로 밀러의 공에 속수무책으로 배트를 휘두르고 있었다.

"아웃!"

"아웃!"

"스트라이크! 아웃!"

주심의 우렁찬 목소리와 함께 아웃 카운트 3개가 채워지며 이닝이 마무리되었다.

"밀러가 오늘은 시작이 좋은걸?"

실베리오가 밀러의 투구를 칭찬하자 1회 말, 와일드에게 삼진을 헌납한 레이븐이 하소연하듯 대답했다.

"우리랑은 다르게 말이지."

레이븐은 눈앞에 아직도 너클볼이 아른거리는 듯 멍한 표정을 짓고 있었다.

헬멧을 쓰며 타석으로 향할 준비를 하던 해치는 그런 레이븐의 모습이 마음에 들지 않는 듯, 큰소리를 냈다.

"걱정 마. 이 해치 님이 저 녀석의 콧대를 눌러주고 올 테니."

가슴을 펴고 당당하게 외친 해치가 더그아웃을 빠져나가자 레이븐을 비롯해 그 모습을 바라본 선수들이 이구동성으로 말을 꺼냈다.

"저런 자신감이라면… 보란 듯이 삼진을 당하고 오겠지."

"운 좋으면 플라이?"

"푸하하! 이의 없음!"

민우는 해치의 타격에 기대조차 하지 않는 그들의 모습을 좋게 봐야 할지 나쁘게 봐야 할지 잠시 고민이 되었다.

'장난스레 내뱉는 말이지만 정말 아무도 기대하는 것 같지가 않은걸? 너클볼은 해치도 때려낼 수 없다는 건가?'

해치는 지난 경기까지 타율 0.329에 출루율 0.401을 기록함과 동시에 홈런을 8개나 때려내고 있었다.

강타자를 상징하는 지표인 3할 타율, 4할 출루율, 5할 장타율을 모두 넘어서며 특급 타자의 모습을 보여주고 있는 선수가 바로 식스티 식서스의 5번 타자, 해치였다.

해치는 이런 성적을 바탕으로 팀 내에서 더블A로 승격할 선수 1, 2위를 다투고 있었다.

그럼에도 동료들이 보이는 반응은 그만큼 너클볼이 치기 어렵다는 의미이기도 한 것이었다.

"젠장!"

쾅!

허무하게 아웃을 당한 뒤, 더그아웃으로 들어선 4번 타자 덴커가 헬멧을 내던지며 만들어낸 소음은 왁자지껄하던 더그아웃의 분위기를 가라앉혔다.

"Fxxk!! Shit!!"

헬멧을 집어던지고도 분이 안 풀리는지 계속해서 거친 욕설을 내뱉는 덴커의 모습을 선수들은 애써 외면했다.

'어제 채프먼에게 한 소리 들어서 저러는 건가.'

잠시 덴커의 모습을 바라보던 민우는 고개를 저으며 장비를 챙겨 대기 타석으로 나섰다.

부웅! 부웅!

배트에 배트 링을 끼워 천천히 팔을 돌리며 몸을 푼 민우는 그라운드로 시선을 돌려 와일드와 해치의 대결에 온 정신을 집중했다.

와일드는 타석에 들어서는 해치를 바라보면서도 전혀 긴장한 것처럼 보이지 않았다.

해치는 자리를 잡기 전 장갑을 매만지며 와일드를 매섭게 노려봤다.

'어이, 어이. 그렇게 힘 빡 주고 노려보지 말라고. 너클볼은 던지는 나도 어디로 날아갈지 모르니까.'

배터 박스에 자리를 잡고 배트로 홈 플레이트를 툭하고 친 해치는 준비가 됐다는 듯 와일드를 바라봤다.

'내가 못 쳐 낼 공은 없다!'

마음속으로 호기롭게 외친 해치의 다짐과는 달리.

부웅!

"스트라이크!"

부웅!

"스트라이크!"

부웅!

"스트라이크 아웃!"

와일드의 손을 떠나 이리저리 꿈틀거리는 너클볼.

배트를 허공에 세 번 휘두르곤 허무하게 아웃된 해치가 분한 듯 소리를 질렀다.

"아오!! 진짜! 뭐 저런 공이 다 있어!"

더그아웃에서 그 모습을 바라보던 선수들은 전의를 상실한 듯 일제히 고개를 저었다.

"오늘은 정말 안 되겠는걸."

"와일드 저 녀석, 조만간 더블A로 올라가겠지?"

"차라리 빨리 올라가 버렸으면 좋겠네."

더그아웃으로 돌아온 해치는 몇몇 선수가 웃음기 띤 표정으로 자신을 바라보는 것을 느꼈다.

"해치 님, 안타는 아직입니까?"

해치는 갤러거의 익살스런 물음에 얼굴이 시뻘게지며 큰소리를 냈다.

"걱정 마! 다음번에는 꼭 쳐 낼 테니까!"

민망해하는 해치의 모습에 선수들이 웃음을 터뜨렸다.

"푸하하하!"

"여어~ 해치! 장난인 거 알지?"

너클볼에 대한 긴장감을 없애려는 듯 해치를 놀리는 동료들은 평소보다 더욱 왁자지껄한 모습이었다.

—와우! 조금 전의 너클볼을 보셨습니까? 오늘 와일드가 던졌던 너클볼 중에 가장 변화무쌍한 공이었습니다.

—예. 홈 플레이트 근처까지 커브의 궤적을 보이며 스트라이크존에 들어갈 듯했습니다만, 해치가 반응하는 순간 바깥으로 휘어져 나갔죠. 정말 무서운 공입니다.

—허허. 이건 차라리 배트를 거꾸로 잡고 패스트볼을 때려

내는 게 나을지도 모르겠네요.

—격하게 동의하는 바입니다. 순식간에 아웃 카운트는 2아웃. 그리고 이제 타석에는 등장하자마자 돌풍을 일으키고 있는 식스티 식서스의 6번 타자, 강민우가 들어섭니다.

—강민우 선수는 너클볼을 본 적이 있을까요?

—제가 경기 시작 전에 알아보았는데요. 한국에서도 몇 선수들이 너클볼을 던졌다는 기록이 있지만 주무기로 던지는 투수는 없다고 하더군요. 아마 강민우 선수는 너클볼을 본 적이 없으리라 생각됩니다.

—이런! 식스티 식서스 팬들에겐 좋지 않은 소식이군요. 과연 강민우 선수가 이번 경기에서도 활약을 이어갈 수 있을지 지켜봐야겠습니다!

'와일드는 볼 배합 없이 너클볼만 던지는 건가?'

와일드는 5명의 타자를 상대하며 단 하나의 패스트볼이나 다른 브레이킹 볼을 던지지 않고 오로지 너클볼만을 던지고 있었다.

민우는 잠시 자신의 능력치를 확인해 보았다.

[강민우, 23세]

[타자]

—파워[B, 49(+3, 42%)/100], 정확[E, 53(+3, 89%)/100], 주

력[E, 54(+3, 50%)/100], 송구[E, 52(+3, 23%)/100], 수비[E, 52(+3, 53%)/100].

—종합 [E, 260(+15)/500]

민우는 브렌트의 버프 효과로 3이 상승된 정확 능력치의 도움으로 동체 시력이 11.2% 상승 보정을 받고 있는 상태였다.

그렇기에 다른 일반적인 선수들보다 공을 더 빠르고 정확하게 판단할 수 있는 능력이 조금 더 뛰어났다.

'하지만 대기 타석에서 본 너클볼은… 동체 시력이 무색하게 어지러운 느낌이었어.'

민우는 너클볼이 보여주었던 여러 궤적을 머릿속으로 다시 한 번 그려보았다.

'와일드의 너클볼은 뒤로 갈수록 크게 변화한다. 브렌트 코치님의 가르침대로 차라리 포인트를 앞에 두고 대응하는 게 나을 거야.'

생각을 마친 민우는 배터 박스의 가장 앞부분에 자리를 잡았다.

'이 녀석, 나름대로 대응 방법을 생각한 건가? 미안하지만 와일드가 너클볼만 던질 줄 아는 건 아니라고.'

메버릭스의 포수는 그런 민우를 바라보더니 와일드에게 사인을 보냈다.

'초구에 너클볼. 2구에 패스트볼. 다시 3구는 너클볼로 가자.'

보통 포수의 볼 배합은 1구를 던진 뒤 타자의 스탯이나 타석에서의 대응에 따라 다르게 내리는 것이 정석이었다.

하지만 와일드는 너클볼의 비율이 90%에 달하는 투수였기에 구종 선택은 특별한 경우였고 그렇기에 이런 사인을 미리 보낼 수 있는 것이었다.

포수의 사인에 와일드가 고개를 끄덕였다.

'저만큼 배터 박스 앞으로 나와 있다면 내 패스트볼도 충분히 먹히겠지. 허를 찌르기에 좋은 선택이야.'

이내 와일드가 와인드업 자세를 취하곤 너클볼러 특유의 느릿한 동작으로 공을 던졌다.

슈우욱!

민우는 와일드가 뿌린 공에 흔들림이 보이지 않자 살짝 의문이 들었다.

'너클볼이 아닌가?'

그런데 그렇게 생각한 순간 공이 조금씩 좌우로 꿈틀거리기 시작했다.

그리고 공이 바깥으로 빠져나간다고 생각한 순간.

언제 그랬냐는 듯 궤적은 다시 안쪽으로 크게 틀어지는 모습을 보였다.

'어어?'

당황한 민우는 뒤늦게 배트를 내밀어볼까 고민했지만 땅볼이 될 확률이 높다고 판단하며 배트를 내밀지 않았다.

"스트라이크!"

초구부터 변화무쌍한 너클볼로 1스트라이크를 내어주자 등 뒤가 싸해지는 느낌이 들었다.

'이거 장난 아니잖아!'

포수는 민우가 당황한 기색을 띠자 피식 웃으며 와일드에게 사인을 보냈다.

'너클볼이 아주 제대로 먹혔어. 생각할 틈을 주지 말고 바로 높은 쪽 패스트볼로 허를 찌르자.'

와일드가 고개를 끄덕인 뒤, 빠른 동작으로 다음 공을 뿌렸다.

슈우욱!

'뭐야? 패스트볼?'

민우는 조금 전의 느린 너클볼에 눈이 현혹된 상태에서 빠른 속도로 날아오는 공에 뒤늦게 패스트볼임을 인지하고는 당황하고 말았다.

그리고 80마일 초반(약 130㎞)으로 날아오는 느린 패스트볼임에도 한 템포 늦게 배트를 내밀고 말았다.

탁!

뒤늦게 배트를 내미는 바람에 밀어치는 듯한 형국이 되어버렸고 타구는 3루 방면으로 바운드되며 굴러가기 시작했다.

"잡아!"

3루수는 타구가 파울라인을 벗어나기 전에 잡아낼 요량으로 앞으로 내달리기 시작했다.

그와 동시에 민우는 실낱같은 희망을 가진 채 배트를 내던지고는 1루를 향해 내달렸다.

타이밍만으로 볼 때 3루수가 잡아낸다면 여지없이 아웃 타이밍인 상황이었다.

민우는 바운드된 타구가 파울라인을 벗어나길 기도했다.

'윽! 제발!'

민우의 간절한 기도가 통했을까.

3루 쪽 파울라인을 타고 구른 타구는 3루수가 잡아내기 전에 라인을 벗어났고 민우의 바람대로 3루심은 양팔을 위로 벌리며 파울을 선언했다.

'휴~'

안도의 한숨을 내쉰 민우가 달리던 속도를 천천히 줄여 나갔다.

전력으로 달린 탓에 살짝 거칠어진 숨을 고른 민우가 이내 홈 플레이트 방향으로 천천히 몸을 돌렸다.

'하마터면 큰일 날 뻔했어. 한 번도 던지지 않던 패스트볼로 허를 찌를 줄이야. 내가 대비를 하고 있다는 걸 상대 배터리도 눈치를 챈 거겠지.'

민우는 자신이 배터 박스 앞쪽에 극단적으로 붙은 것을 포수가 눈치 챘기에 조금 전의 볼 배합이 나왔다고 추측했다.

'느린공에 익숙해져서 웬만한 패스트볼보다 더 빠르게 느껴

졌다. 역시 방심해선 안 돼.'

전혀 예상치 못한 빠른 공에 허무하게 아웃 카운트를 내어 줄 뻔한 민우였다.

민우의 타구가 파울라인을 타고 흐르며 가까스로 아웃은 면했지만 볼카운트는 순식간에 노 볼 2스트라이크로 타자에게 압도적으로 불리한 카운트가 되어버렸다.

민우는 바닥에 떨어진 배트를 주워 들고 배터 박스로 들어섰다.

주심이 손을 앞으로 내밀며 경기 재개 사인을 보내자 헨리 케즈는 고민할 것 없이 너클볼을 주문했다.

'자, 다시 너클볼로 녀석의 눈을 현혹시키자고.'

사인을 받은 와일드가 고개를 끄덕였다.

'부디 뒤로만 빠지지 말라고.'

와일드가 와인드업 자세를 취하자 민우도 배트를 다잡으며 전의를 불태웠다.

'와라!'

와일드가 뿌린 공이 춤을 추며 날아오기 시작했다.

슈우욱!

와일드가 뿌린 공은 잠시 직선으로 날아오는 듯 보였으나 이내 조금씩 꿈틀거리며 민우의 시야를 흔들었다.

궤적을 예측해 배트를 내미려는 순간 방향을 틀고, 다시 예측하면 꿈틀거려 시야를 흔드는 것의 반복이었다.

'스트라이크존으로? 빠질까?'

민우가 움찔거리는 사이 와일드가 뿌린 너클볼은 나비가 날갯짓을 하듯 이리저리 오가며 홈 플레이트에 가까워지고 있었다.

'이건 쳐야 해. 스트라이크존이다!'

순간, 민우의 눈에 너클볼이 살짝 떠오르며 낮은 쪽 스트라이크존에 들어올 것처럼 보였고, 민우는 허리에 시동을 걸고 배트를 빠르게 내밀었다.

"핫!"

그런데 민우의 배트가 홈 플레이트 위를 지나는 순간, 너클볼은 위에서 누가 내리누른 것처럼 푹 꺼지듯이 내려앉았다.

'윽!'

배트를 내밀며 눈으로 공을 쫓고 있던 민우가 급히 손목을 틀어보았지만 빠르게 돌아가는 배트의 궤적을 완벽히 수정하기엔 버거워 보였다.

딱!

배트의 스위트스폿에서 조금 벗어난 부분에 부딪힌 너클볼이 거친 타격음을 내뱉었다.

'젠장!'

손이 크게 울리는 느낌에 민우는 인상을 쓸 수밖에 없었다.

힘을 제대로 담지 못한 타구였기에 야수를 피해 최대한 빠르게 뻗어나가길 바라는 수밖에 없었다.

—제3구! 타격합니다! 타구 좌익수 방면! 강민우 선수가 때려낸 너클볼이 외야를 향해 날아갑니다!

민우가 때려낸 타구는 높이 뜬 채로 좌측 외야 방면으로 날아가기 시작했고, 메버릭스의 좌익수가 빠른 뜀박질을 보이며 타구를 쫓고 있었다.

타다닥!

그와 동시에 민우는 배트를 집어던지며 1루를 향해 전속력으로 달리기 시작했다.

민우의 귓가에 바람이 빠르게 스쳐가는 소리가 들리며 1루 베이스까지 두 걸음을 남겨놓은 순간.

"아."

좌익수의 글러브에 공이 포구되며 이닝이 마무리되었다.

—강민우의 타구는 좌익수 플라이로 처리되며 3아웃이 되었습니다. 식스티 식서스의 2회 말 공격이 끝이 납니다.

—오늘 식스티 식서스의 첫 외야 타구였지만 허무하게 잡히고 말았네요. 단 한 명의 출루도 허용하지 않는 메버릭스의 투수, 와일드입니다! 3회 초로 이어지겠습니다.

더그아웃으로 돌아가기 위해 몸을 돌린 민우의 시선에 와일드의 얼굴이 보였다.

원정 팀 더그아웃으로 향하는 와일드의 표정에는 여유가 넘쳐흐르고 있었다.

그 모습에 분한 감정이 일었지만 민우의 얼굴에 자세히 보면 알 수 없을 미소가 피어오르고 있었다.

'어렵다. 하지만 내 생각이 맞다면… 어쩌면 가능할지도 몰라.'

이제 겨우 첫 타석이었지만 민우의 마음속에는 다음 타석에서 너클볼을 제대로 때려낼 수 있을 거라는 자신감이 조금씩 솟아나고 있었다.

* * *

피칭머신으로 다양한 변화구를 보여주며 타격 훈련을 이어가던 브렌트는 민우의 타격을 유심히 지켜보다가 피칭 머신을 멈춰 세웠다.

"커브와 같은 구종들은 낙폭이 큰 모습을 보인다. 오프 스피드가 목적인 체인지업뿐 아니라 포크볼, 스플리터도 마찬가지지. 이처럼 낮게 떨어지는 성질을 가진 공들은 스트라이크존에 걸친다고 해도 모두 때릴 필요가 없다. 낮은 코스로 들어오는 듯 보이는 공은 흘려 버리는 게 낫다."

브렌트의 가르침에 고개를 갸웃거린 민우가 의문에 찬 목소리를 냈다.

“스트라이크존에 들어오는 공을 치지 않으면, 카운트 하나를 투수에게 헌납하는 것과 마찬가지가 아닙니까?”

“물론 스트라이크존에 들어온다면 카운트를 하나 헌납하는 것이 되겠지. 하지만 떨어지는 성질을 가진 공들이 낮은 스트라이크존에 걸치는 듯 보인다면 열에 아홉은 존 아래로 빠지는 볼이 될 확률이 높다. 그런 공들은 타자의 눈을 현혹시키는 것이기 때문이다.”

브렌트의 설명이 이어지자 그제야 민우가 이해가 된다는 듯 ‘아’ 하는 표정을 지으며 고개를 끄덕였다.

“스트라이크존 아래로 떨어지는 공을 억지로 때려봤자 배트 밑 부분에 맞아서 땅볼이 될 확률이 높을 테니까… 때리지 않는 것이 좋다는 말씀이시군요.”

자신의 설명에 민우가 상황을 그리며 쉽게 이해를 하자 흡족한 미소를 지어 보였다.

‘다른 선수들에 비해 실전 경험이 크게 부족해서 걱정했는데, 이해하는 속도가 빠르다. 어쩌면 당장 내일부터 발전된 모습을 보여줄지도 모르겠어.’

“맞다. 반대로 그런 구종의 특성을 이용해 높은 곳으로 공을 던져 스트라이크존에 넣어 허를 찌르는 투수들도 존재한다. 그런 공을 제대로 때려낸다면 좋은 타격으로 이어질 확률이 높다. 네가 처음으로 배워야 할 것은 바로 그런 공을 때리는 법이다.”

"처음이라면… 나중에는 낮은 코스의 공도 때려낼 수 있다는 말씀입니까?"

민우의 눈빛에 가득 찬 열망을 느낀 브렌트는 그 모습이 마음에 든다는 듯 '허허' 하며 웃어 보였다.

"너도 알고 있겠지만, 메이저리그에는 괴물들이 수두룩하다. 스트라이크존을 벗어나 흘러나가는 공을 때려 안타를 만들어내는 타자가 존재하며, 심지어 원 바운드된 공을 홈런으로 만들어낸 타자도 존재하지. 하지만 그들 모두가 처음부터 그런 공을 때려냈을까? 내 대답은 '아니'다. 극소수를 제외하고는 그렇지 않다고 감히 말할 수 있다. 메이저리그를 호령하는 타자들은 모두 인고의 시간을 겪으며 자신만의 타격을 완성한 이들이다."

브렌트의 낮게 깔린 목소리가 민우의 마음을 흔들었다.

'나는… 그들처럼 될 수 있을까?'

민우는 자신이 브렌트의 말처럼 되는 것은 손에 잡히지 않는 아주 먼 미래의 일처럼 느껴졌다.

"지금은 훈련을 시작하는 단계이기에 네가 이해하기 쉽도록 위와 아래를 극단적으로 나누어서 이야기한 것이다. 하지만 실전은 다르다. 투수마다 낙폭을 달리 조절하고, 좌우를 조절하는 이들도 있으며, 투구 스타일은 모든 투수가 다르기 때문에 각각의 상황에 따라 대응하는 능력을 키울 필요가 있다."

브렌트는 진중한 표정으로 민우를 바라보고 있었다.

"분명 지금의 너에겐 불가능에 가깝다고 말할 수 있다. 현재의 넌 패스트볼에 대한 대처 능력에 비해 변화구에 대한 대처 능력이 턱없이 부족하다는 것을 잘 알 테지. 하지만… 앞으로 나와 훈련을 하고 실전 경험을 쌓으면서 차근차근히 그 능력을 키워 나간다면 언젠가는 그들처럼 완벽한 타격을 이룰 날이 올 것이다. 내 능력이 닿는 한까지 널 그렇게 만들어줄 것이다. 그러니 너도 최선을 다해 따라오도록 해라."

민우는 그런 브렌트의 눈에 비친 자신이 언젠가는 메이저리그를 호령할 수 있을 것만 같은 자신감이 생겨났다.

"예, 최선을 다하겠습니다."

"좋다. 그럼 바로 시작할 테니 준비하도록. 이번엔 커브부터 간다."

민우의 힘찬 대답에 브렌트는 만족스러운 표정을 지으며 훈련의 재개를 알렸다.

위이이잉!

푸슝!

따악!

*　　　*　　　*

3회 초, 메버릭스는 선두 타자가 안타를 치고 출루에 성공했지만 후속 타자의 병살타와 포수 플라이 아웃으로 공격의 물꼬를 트지 못했다.

수비를 마치고 더그아웃으로 돌아온 민우는 식스티 식서스 타자들을 상대하는 와일드의 너클볼을 유심히 바라보고 있었다.

'코치님의 가르침에 힌트가 있다.'

브렌트 코치와 함께했던 훈련을 떠올린 민우가 머릿속의 퍼즐 조각을 하나씩 맞춰가기 시작했다.

"아웃!"

'너클볼의 특징은 낮은 구속으로 인해 포물선을 그리며 날아오는 공.'

"스트라이크 아웃!"

'위에서 아래로 떨어지는 성질은 비슷하지만 상하좌우의 움직임은 예측이 불가능하다.'

"아웃!"

'낮은 코스, 외곽으로 빠지는 공은 정타를 때리기 더더욱 힘들 테니 땅볼로 아웃될 바에 과감히 버리자. 분명 와일드도 너클볼을 완벽히 제어하지는 못한다.'

머릿속에 자리한 퍼즐이 어느 정도 정리가 된 순간.

툭툭!

주변의 상황을 잊은 채 생각에 잠겨 있던 민우를 깨운 것은 어깨를 두드리는 실베리오의 손길이었다.

"민우 뭐해? 공수 교대야. 빨리 수비 위치로 가야지!"

민우가 고개를 들자 실베리오가 다급한 표정으로 자신을

바라보고 있었다.

그제야 정신을 차리고 주변을 둘러본 민우는 자신을 향해 무서운 눈빛을 보내고 있는 채프먼이 보였다.

'아이고, 내 정신아. 채프먼한테 날 갈구세요~ 하고 갖다 바친 꼴이구나.'

"아! 미안, 잠깐 생각을 정리한다는 게… 실베리오. 빨리 가자!"

민우는 '윽' 하는 표정을 지으며 글러브를 챙겨 실베리오를 툭 치고는 그라운드로 달려 나갔다.

4회 초, 밀러는 초반과 같은 기세를 잃지 않고 묵직한 공을 뿌리고 있었다.

쑤악!

"스트라이크 아웃!"

슈욱!

"스트라이크 아웃!"

메버릭스의 1, 2번 타자가 연속 삼진으로 물러나고 3번 누네즈가 타석에 들어섰다.

누네즈는 타율은 낮지만 큰 덩치에서 나오는 파워가 일품인 타자로 메버릭스의 지명타자를 맡고 있었다.

민우는 중견수 수비 위치에서 발을 풀며 집중이 흐트러지지 않도록 노력하고 있었다.

'타순도 한 바퀴를 돌았으니… 이제 슬슬 이쪽으로도 날아올 때가 된 거 같은데.'

마침 타석에 들어선 타자는 1회 초, 중견수 방향으로 타구를 날려 보냈던 누네즈였기에 민우는 그 대결을 예의 주시했다.

그런 민우와 달리 밀러는 첫 타석에서의 타구는 신경 쓰지 않는다는 듯, 95마일(152㎞)의 빠른 패스트볼을 누네즈의 몸 쪽을 향해 뿌렸다.

슈웍!

딱!

배트의 스위트스폿에서 어긋난 듯 배트가 쪼개지는 듯한 타격음이 민우의 귀를 울렸다.

"쳇!"

초구부터 노려 친 누네즈는 부러진 배트를 바닥에 던지고는 거구를 이끌고 1루를 향해 달리기 시작했다.

누네즈의 펀치력이 제대로 실리지 않은 타구는 높이 떠올라 센터 방면으로 날아가기 시작했다.

운이 좋다면 텍사스 안타가 될 수도 있는 상황이었다.

하지만 식스티 식서스의 중견수는 그리 만만한 상대가 아니었다.

타타타탓!

화살표가 생겨남과 동시에 빠르게 홈 방향으로 달려 내려온 민우가 앞으로 몸을 날리며 슬라이딩 캐치를 시도했다.

좌아악!

팍!

—높이 뜨는 플라이 볼! 애매한 위치에 떨어질 뻔한 타구를 중견수 강민우가 멋진 슬라이딩 캐치로 처리하며 아웃 카운트를 모두 채웁니다. 수비 하나는 정말 일품이네요.

—4회 말 식스티 식서스의 리드오프, 부스의 타석으로 이어집니다. 잠시 후에 뵙겠습니다.

수비를 마치고 더그아웃으로 들어온 실베리오는 냉큼 민우에게 다가갔다.

"아깐 무슨 생각을 그렇게 했기에 공격이 끝난 줄도 몰랐던 거야?"

실베리오의 물음엔 민우의 행동에 대한 걱정과 궁금함이 적당히 섞여 있었다.

그런 실베리오의 모습에 민우가 민망한 표정을 지었다.

"와일드의 너클볼을 어떻게 때려낼 지에 대해서 생각하다 보니까… 나도 이런 적은 처음이야."

민우의 해명에 '으음' 하는 소리와 함께 고개를 끄덕거린 실베리오는 돌연 표정을 피고는 민우의 등을 퍽퍽 두들겼다.

퍽퍽!

"악! 아파. 뭐야! 갑자기 왜 때려."

불시에 등짝에 불이 난 민우가 고통스러운 표정을 지으며 실베리오를 바라보며 소리를 질렀다.

실베리오는 그런 민우를 능글맞은 표정으로 바라봤다.

"난 또, 한국에 두고 온 애인이 보고 싶어서 그러는 줄 알았지."

"뭐어?"

그 싱거운 농담에 잠시 수지를 떠올린 민우가 이내 고개를 저은 뒤, 어이가 없다는 듯한 표정을 지었다.

"푸하하. 농담이야, 농담. 이 녀석! 그래서 와일드의 비밀을 알아냈느냐!"

실베리오는 민우가 지은 표정이 몹시 우스운 듯 웃음을 터뜨리더니 비밀을 캐묻기 시작했다.

"아직은 잘 몰라. 한 번 더 상대해 본다면 알 수 있을 것 같긴 한데."

민우가 순순히 사실을 털어놓자 순간 실베리오가 벌떡 일어나 동료들을 바라보며 팔을 벌렸다.

"오~ 신이시여! 민우 녀석이 너클볼을 무너뜨릴 묘책을 찾아냈다고 합니다!"

실베리오를 향해 '재 왜 저러냐?'는 듯한 시선을 보내던 선수들은 이어서 터진 실베리오의 외침에 즉각 반응하기 시작했다.

"뭐?"
"그게 정말이야? 어떻게?"
"드디어 저 와일드 녀석을 무너뜨릴 방법을 찾은 건가?"
그리고 모두의 시선이 민우에게로 몰려들었다.
'저 녀석이 너클볼을 때려낼 수 있다고? 흥! 웃기는 소리하지 말라고 해!'
멀찍이 앉아 있던 덴커는 갑작스러운 소란에도 신경조차 쓰지 않는다는 듯 몸을 '획' 하고 돌려 버렸지만 온 신경을 청각에 집중하기 시작했다.
"헐……."
민우는 동료들의 불타오르는 시선을 느끼며 몹시 난감한 표정을 지어 보였다.

*　　*　　*

"그러니까, 바깥쪽이나 낮은 쪽으로 빠지는 공은 전부 버리라고?"
실베리오의 물음에 민우가 가볍게 고개를 끄덕였다.
"그래."
"그리고 가운데 높은 쪽 공을 끝까지 보고 기다리다가 튕겨 오른다는 느낌이 들 때 후려갈기면 된다 이거지?"
재차 물음을 던지는 실베리오의 표정은 마치 사탕을 받아낸 어린아이처럼 빛나고 있었다.

민우는 실베리오의 그런 표정을 처음 보는 것처럼 어색한 느낌을 받았다.

"어, 맞아. 그러니까 이만 떨어져 줄래?"

"응? 아하하. 나도 모르게 그만. 미안! 미안!"

민우의 핀잔에 바로 코앞까지 붙어 있던 얼굴을 떼어냈다.

시야를 가리던 실베리오의 얼굴이 사라지자 민우의 시선에 주변에 흩어진 선수들이 눈에 들어왔다.

일부는 '그럼 그렇지' 하는 표정이었고, 일부는 '정말 될까?' 하는 긴가민가한 표정, 그리고 일부는 아예 관심을 끊은 채 그라운드로 시선을 돌린 상태였다.

'흥. 동양인 애송이 녀석이 그럼 그렇지. 제까짓 게 무슨 능력이 있어서 너클볼을 때려낼 비책을 알아냈나 싶었더니. 네 녀석은 오늘 그 가벼운 입으로 모두의 신뢰를 잃은 거다. 멍청한 놈.'

민우의 말에 귀를 기울이고 있던 덴커는 얼굴에 묘한 웃음을 지은 채 편안한 자세로 그라운드를 바라보기 시작했다.

* * *

양 팀은 5회 초까지 별 소득 없이 무의미한 공수 교대를 반복하고 있었다.

식스티 식서스의 타선은 와일드의 너클볼에 속수무책으로 당하고 있었다.

4회 말 2아웃 상황에서 3번 타자 레이븐이 와일드의 폭투를 틈타 출루했지만, 4번으로 나선 덴커가 허무하게 삼진을 당하며 기회를 날려 버린 것이 유일한 기회였다.

이런 사정은 메버릭스라고 다를 것은 없어서 밀러의 완급 조절에 단 하나의 안타만을 기록하고 있는 상황이었다.

양 팀 선발투수의 호투 속에 팽팽한 투수전이 이어지자, 조금씩 지루함을 느끼는 팬들이 나타나기 시작했다.

맥주를 꽤나 마신 듯, 술에 거나하게 취한 일부 극성팬들은 경기가 마음에 들지 않는 듯 야유를 보내고 있었다.

"이봐! 타자들도 분발하라고!"

"언제까지 더그아웃에 앉아만 있을 거야?"

"알루미늄 배트라도 들고 오라고!"

주변의 팬들도 비슷한 마음인 듯 소리를 지르던 이들에게 크게 불만을 나타내지 않았다.

이후에도 거친 말을 뱉던 팬들은 이내 안전 요원에게 주의를 받고는 진정하는 모습을 보였다.

그리고 5회 말이 시작되자 5번 해치가 배트를 크게 휘두르며 타석에 들어섰다.

부웅! 부웅!

배트를 크게 두 번 휘두르며 순식간에 노 볼 2스트라이크 상황이 되었다.

"젠장맞을."

순식간에 카운트가 몰린 해치는 긴장되는 듯 연신 입술을 핥아댔다.

—오늘 경기는 계속해서 투수전 양상으로 이어지고 있습니다. 호쾌한 타격전을 바라는 관중들에게는 오늘 경기가 마음에 들지 않을지도 모르겠네요.

—예, 그렇습니다. 제3구, 아! 해치가 크게 헛스윙을 합니다만 포수가 공을 잡지 못합니다. 낫아웃 상태에서 해치가 전력으로 1루를 향해 질주합니다.

—공이 백스톱까지 굴러가면서 뒤늦게 포수가 공을 1루에 뿌리려는 동작을 취하다가 멈춥니다. 무사 1루가 됩니다.

—오늘 식스티 식서스는 1개의 출루가 있었는데, 모두 와일드의 폭투로 기록한 출루였습니다. 이젠 2개가 되었습니다. 와일드는 안타를 하나도 맞지 않으며 놀라운 호투를 이어가고 있습니다.

—그리고 이제 타석에는 앞선 첫 타석에서 좌익수 플라이로 물러났던 강민우 선수가 들어섭니다.

와일드는 폭투로 해치를 출루시켰음에도 신경 쓰지 않는다는 듯 여유로운 표정으로 민우를 바라보고 있었다.

'자자, 빨리빨리 들어오라고.'

민우는 타석에 들어서며 와일드의 표정을 살피고는 속으로 얕은 웃음을 지었다.

'방심을 해준다면 나로선 더할 나위 없이 좋지. 부디 내가 원하는 코스로 던져줬으면 좋겠군.'

속으로 웃음을 보인 민우는 겉으로는 굳은 표정을 지으며 와일드를 바라봤다.

'저 녀석. 완전히 긴장했나 보네. 자자. 빨리 처리하고 들어가서 쉬자고.'

와일드는 민우를 바라보며 '3구 삼진'이라는 입모양을 만들어 보였다.

'날 완전히 무시하고 있군.'

민우는 와일드의 도발에 응수하지 않은 채, 배터 박스의 가장 앞부분에 자리를 잡았다.

'브렌트 코치님의 말씀대로 난 바깥쪽이나 낮은 쪽으로 날아오는 변화구에 아직 완벽하게 대처할 수 없다. 너클볼이라고 어렵게 생각할 필요는 없어. 그렇다면 남은 코스는 가운데로 향하는 높은 코스 뿐.'

민우가 생각을 마치는 순간.

띠링!

[돌발 퀘스트 발동—너클볼? 그냥 야구공일 뿐이야!]

—너클볼은 궤적을 예측할 수 없는 구종입니다.

—와일드의 너클볼에 식스티 식서스의 타자들은 속수무책으로 당하고 있습니다.

—팬들의 실망이 극에 달해 있는 상태입니다.

—와일드의 너클볼을 때려내 팬들의 기대를 충족시키십시오.

—성공 시 영구적으로 파워 +1, 정확 +2, '타격의 신' 스킬 습득. 200포인트 지급.

—실패 시 일주일 간 파워 —3, 정확 —5. 하루 동안 근육통 발생.

—본 퀘스트는 발생 횟수에 제한이 없습니다.

'퀘스트… 응?'

이제는 익숙한 퀘스트 발동이었기에 빠르게 내용을 살피던 민우는 보상 내용에 처음 보는 문구를 발견했다.

'타격의 신… 스킬? 뭐야 이게?'

지금껏 퀘스트가 발동되며 주어지던 보상은 능력치 상승과 포인트 지급이 전부였었다.

그런데 이번에 나타난 보상에는 '스킬'이라는 이름이 붙어 있었다.

'뭔지는 모르겠지만… 스킬이라면 당연히 좋은 거겠지?'

민우는 애써 호기심을 접어두고는 배트를 귀 옆으로 들어

올리며 타격에 임할 준비를 했다.

헨리케즈는 그런 민우의 모습을 가볍게 훑어보고는 와일드에게 사인을 보냈다.

'이 녀석에게 너클볼이 얼마나 무서운 공인지 한 번 더 보여주자고.'

그리고 글러브를 쫙 하고 펴 들었다.

와일드는 헨리케즈의 사인에 응답하듯 고개를 강하게 끄덕였다.

'걱정 말라고. 오늘 내 너클볼은 아무도 때려낼 수 없으니까.'

와일드가 와인드업 자세를 취하자 민우도 몸을 살짝 숙이며 준비를 마쳤다.

슈우욱!

와일드의 손을 떠난 공이 잠시 직선으로 날아오다 이내 상하좌우로 꿈틀거리기 시작했다.

'와라!'

민우는 온 신경을 너클볼의 움직임에 집중하기 시작했다.

너클볼은 홈 플레이트에 가까워지며 좌에서 우로, 위에서 아래로, 잠시 그대로 날아오다 다시 우로 변하고 있었다.

아무리 보아도 너클볼의 궤적을 예측하는 것이 불가능해 보였다.

퍽!

홈 플레이트 근처에서 밑으로 쑥 꺼져 버린 너클볼을 포수인 헨리케즈가 몸을 들썩거리며 겨우 블로킹을 해냈다.

볼!

민우는 한 걸음 물러선 채로 장갑을 다시 조이며 조금 전의 너클볼의 궤적을 떠올렸다.

'과연… 너클볼은 홈 플레이트로 날아온다는 것 외에는 아무것도 정해진 것이 없다.'

궤적이 정해진 공은 눈으로 판단을 내림과 동시에 몸이 그 궤적을 예측하고 빠르고 정확하게 나갈 수 있었다.

하지만 너클볼은 변화무쌍한 궤적을 보이기에 눈으로 좇는다 하더라도 정확히 때려내는 것은 보통의 공과는 비교할 수 없을 정도로 어려웠다.

하지만 민우의 입가에는 옅은 미소가 피어나기 시작했다.

'상하좌우로 움직이지만 위로 살짝 튕겨 오를 때 잠깐의 틈이 있다. 그 틈을 노려서 빠르게 때려내야 한다!'

생각을 정리한 민우가 배트를 들고 다시 배터 박스로 들어섰다.

헨리케즈는 그런 민우를 바라보며 비웃음을 날렸다.

'훙. 너클볼을 하나 보더니 정신이 가출했나 보군.'

와일드와 헨리케즈는 무적의 너클볼을 가지고 굳이 어렵게 갈 필요가 없다는 생각을 하고 있었다.

'자자, 빨리 끝내자고.'

헨리케즈가 글러브를 내밀자 와일드가 와인드업 자세를 취한 뒤 빠르게 공을 뿌렸다.

슈우욱!

민우는 다시 한 번 온몸의 신경을 곤두세우며 너클볼을 쫓기 시작했다.

'조금만 더, 조금만 더.'

꿈틀거리는 공에 반응하고 싶어 하는 근육을 제어하며 민우는 타이밍을 찾고 있었다.

그리고 와일드의 너클볼이 아래에서 위로 튕기는 느낌이 드는 순간.

틱!

민우의 배트가 벼락같이 돌아가며 너클볼의 윗면을 스치는 소리가 들렸다.

그리고 공은 포수의 가랑이 사이로 바운드되고는 백스톱으로 날아가 강하게 부딪혔다.

탕!

"으악!"

타구가 날아오리라 예상하지 못한 일부 관중이 깜짝 놀라며 몸을 움찔하는 모습을 보였다.

이번에도 초구와 같은 모양으로 뚝 떨어져 내리는 너클볼이었고, 배트에 제대로 맞추지 못한 것이다.

'아!'

민우는 파울을 때려낸 것에 아쉬워할 법한 데도 담담한 표정을 짓고 있었다.

1스트라이크를 내주며 손해만 본 것은 아니기 때문이었다.

'나도 모르게 힘이 들어갔어. 히팅 포인트를 조금 더 앞에 두고, 더 빠르게 휘둘러야 해.'

민우는 가상의 히팅 포인트를 조금 더 앞으로 수정했다.

헨리케즈는 민우의 표정을 보고 고개를 갸웃거렸다.

'왜 이렇게 웃는 거야? 뭐, 상관없나?'

민우에게서 시선을 거둔 헨리케즈가 다시 한 번 글러브를 앞으로 내밀었다.

'빠르게 끝내자고! 가운데로!'

와일드는 여전히 여유 있는 표정으로 민우를 바라본 뒤, 스트라이크존의 한가운데를 향해 너클볼을 뿌렸다.

슈우욱!

와일드의 손을 떠난 공이 다시 한 번 몸부림을 치기 시작했다.

'이번엔… 놓치지 않아!'

홈 플레이트를 향해 날아오는 너클볼의 움직임을 예의 주시하던 민우가 순간 온몸의 근육을 자극하며 엄청난 속도로 배트를 돌렸다.

꿈틀거리던 너클볼의 궤적과 민우의 배트가 일직선으로 맞닿는 순간.

따아악!

정갈한 타격음이 울려 퍼지며 순간 경기장의 소음을 묻어 버렸다.

—3구! 아! 때려냅니다! 강민우가 너클볼을 정확히 때려냅니다! 크다! 큽니다! 우측으로 쭉쭉 날아가는 큼지막한 타구입니다! 우익수가 빠르게 쫓아갑니다!!

공을 뿌린 와일드도, 공을 받기 위해 글러브를 뻗고 있던 헨리케즈도, 와일드와 민우의 대결을 지켜보던 관중들도 모두 입을 벌린 채로 빠르게 뻗어가는 타구를 쫓기 시작했다.

민우는 배터 박스에 선채로 우측 펜스를 향해 날아가는 타구를 잠시 바라보았다.

배트를 쥐고 있는 손을 타고 올라오는 무감각에 가까운 느낌은 민우에게 하나뿐인 정답을 말해주고 있었다.

'굿바이.'

텅!

—강민우가 와일드의 너클볼을 정확히 통타하며 타구를 경기장 밖으로 날려 보냅니다! 정말 놀라운 홈런을 만들어내며 0의 균형을 무너뜨립니다! 팀의 첫 안타를 투런홈런으로 장식하며 식스티 식서스가 2 대 0으로 한발 앞서 나갑니다! 강민

우의 올 시즌 2호 홈런입니다!

—경기가 반환점을 도는 중요한 시기에 보여준 강력한 한 방! 수많은 홈 팬이 베이스를 돌고 있는 강민우 선수를 향해 격한 환호를 날리고 있습니다!

—정말 대단합니다. 너클볼을 처음 보는 선수가 저런 타구를 날려냈다는 건, 정말 타고난 감각을 소유했다고밖에 표현할 수가 없겠습니다.

우익수의 키를 훌쩍 넘어간 타구는 펜스 뒤에 세워진 철조망에 부딪힌 뒤에야 땅으로 방향을 바꿨다.

민우의 타구가 펜스를 넘어가는 순간, 경기장에 자리하고 있던 홈 팬들이 벌떡 일어난 채로 환호성을 내질렀다.

"꺄악!"

"와아아!!"

"좋아!!!"

"잘했어!! 나이스 강!!"

민우는 그라운드의 다이아몬드를 천천히 돌며 온몸을 울리는 환호성을 만끽하고 있었다.

'녀석. 제대로 된 해법을 찾아냈구나. 아는 것은 쉽지만 그것을 실행에 옮기는 것은 아무나 할 수 없는 법이지. 네 녀석은 진짜 물건이다! 분명 내 꿈을 맡겨도 될 녀석이야.'

브렌트는 그런 민우의 모습을 바라보며 가슴속에 무언가 벅차오르는 감정을 느꼈다.

"민우 녀석이 참 대단합니다. 기대조차 하지 않았는데 홈런을 만들어내고… 참 놀라운 녀석입니다."

말을 뱉은 브렌트는 채프먼이 자신의 말을 반박하리라고 생각했지만 시간이 흘러도 아무런 반응이 없자 고개를 돌려 채프먼을 바라봤다.

채프먼은 충격을 받은 듯, 입을 벌린 채 다이아몬드를 도는 민우를 멍하니 바라보고 있었다.

브렌트는 그 모습이 우스워 웃음을 뱉을 뻔한 것을 억지로 참았다.

'훗. 그렇게 열등하다고 무시했던 녀석이 대활약을 이어가고 있으니 놀랄 만도 하겠지.'

브렌트는 뿌듯한 얼굴을 한 채 채프먼에게서 시선을 거두곤 3루를 지나고 있는 민우를 따뜻한 눈빛으로 바라봤다.

어느새 홈에 다다른 민우가 홈 플레이트를 밟으며 득점이 인정되는 순간.

띠링!

[돌발 퀘스트—너클볼? 그냥 야구공일 뿐이야! 결과]

—와일드의 너클볼을 보기 좋게 때려내 홈런을 만들었습니다.

—팬들의 실망을 지워내며 뇌리에 깊은 인상을 남겼습니다.
—돌발 퀘스트를 우수한 성적으로 성공하였습니다.
—퀘스트 성공 보상으로 영구적으로 파워 +1, 정확 +2가 상승합니다. 200포인트가 지급됩니다.
—우수한 성적으로 성공하였기에 추가적으로 파워 +1이 상승합니다. 추가적으로 100포인트가 지급됩니다.
—'타격의 신' 스킬이 생성됩니다.

'좋아!'

타석에 들어설 준비를 하던 실베리오가 주먹을 내밀어 보였다.

"나도 한 방 날릴게."

그 모습에 피식 웃은 민우가 주먹을 마주 댔다.

"날려 버려."

더그아웃으로 다가오는 민우에게 채프먼을 대신해 브렌트가 손을 내밀며 진한 미소를 보였다.

"정말 굉장한 홈런이었다."

"감사합니다."

브렌트의 칭찬에 민우는 입꼬리를 쭉 말아 올리며 하이파이브를 한 뒤 더그아웃으로 들어섰다.

그런 민우를 향해 동료들이 우르르 몰려들어 손을 내밀거나 헬멧을 쓴 머리를 때리며 축하의 인사를 건넸다.

"장하다!"

"잘 때렸어!"

"저 마구를 때려내는 것도 모자라서 홈런이라니!"

"녀석의 코를 아주 납작하게 만들었다고!"

"후후. 아직 한 방 더 남았다!"

"푸하하!"

민우가 웃음을 지어 보이며 와일드를 향해 총을 쏘듯 손을 내밀어 보이자 더그아웃에는 다시 한 번 왁자지껄한 웃음소리가 울려 퍼졌다.

띠링!

—모든 능력치가 익스퍼트 등급을 달성했습니다.

—업적 달성으로 1,000포인트가 지급됩니다.

띠링!

—조건 달성으로 포인트 상점이 개방됩니다.

—포인트 상점에서는 능력치, 스킬, 아이템 등을 구매하실 수 있습니다.

—다양한 상황을 통해 획득한 포인트를 사용할 수 있습니다.

'에에? 갑자기 이게 뭔 소리야? 포인트 상점?'

갑작스레 나타난 새로운 알림에 민우는 당황한 기색을 지울 수가 없었다.

'능력치? 스킬? 아이템? 이런 걸 포인트로 살 수 있다는 말이야?'

분명 민우의 눈앞에 떠있던 설명대로라면 그랬다.

민우가 확인을 마치자 설명창은 자연스럽게 시야 밖으로 사라졌다.

'그럼 여태까지 줬던 포인트가… 아이템 상점에서 사용하는 코인의 역할을 하는 건가?'

따악!

"와아아아아!!"

민우가 자신만의 세계로 빠져들려는 찰나, 경기장에 또 한 번의 정갈한 타격음이 울려 퍼졌다.

귀를 울리는 관중들의 함성 소리에 상념에서 깨어난 민우가 더그아웃 바깥으로 몸을 내밀었다.

그런 민우의 시야에 실베리오가 한 손을 높이 들어 올리고 베이스를 돌고 있는 모습이 보였다.

'실베리오가 때려냈구나.'

—실베리오 선수가 때려낸 타구가 높이 솟아오릅니다! 좌익수의 키를 넘어서 펜스! 펜스! 넘어~ 갑니다!! 백투백 홈런!!

—강민우 선수에게 홈런을 맞은 것 때문일까요? 와일드 선

수의 너클볼에 회전이 걸리며 밋밋하게 들어갔습니다. 실베리오 선수는 그걸 놓치지 않았고요.

—너클볼은 무회전으로 던져야 하는 특성상 던지는 투수가 조금이라도 흔들리면 그것이 바로 투구에 드러나게 되어 있죠? 지금의 공은 와일드가 흔들리고 있다는 증거로 보입니다.

지루하게 이어지던 경기는 5회 말 민우의 홈런과 실베리오의 백투백 홈런으로 순식간에 3 대 0으로 스코어가 벌어졌다.

* * *

수비 위치로 나가기 위해 글러브를 챙기는 민우는 등 뒤로 누군가가 밀착하는 느낌에 순간 소름이 돋았다.

"민우, 고마워."

"으아아악!"

민우는 귓가에서 느껴지는 뜨거운 숨결에 온몸을 비틀며 자기도 모르게 비명을 지르고 말았다.

민우가 벌레라도 붙은 것처럼 온몸을 벅벅 긁으며 급히 몇 걸음을 떨어졌다.

홱!

고개를 홱 돌려 태워 죽일 듯한 격한 눈빛으로 자신의 뒤에 선 자를 쏘아보았다.

이 정도로 격한 반응이 나올 줄은 몰랐다는 듯 민우를 바라보던 실베리오가 어색하게 웃어 보였다.

"아하하. 진정해 민우! 장난이야!"

자신에게 장난을 친 이가 실베리오라는 것을 확인했지만 민우는 쉽게 경계를 풀지 못했다.

"실베리오? 깜짝 놀랐잖아. 이게 갑자기 무슨 짓이야."

민우의 물음에 실베리오가 시선을 돌리며 볼을 긁적였다.

"고마워서 장난 좀 쳤어."

"뭐가 고맙다는 거야?"

"아니, 네가 알려준 방법으로 타격을 했더니… 정말 제대로 타격이 돼서 홈런이 나왔잖아. 그래서 고맙다고 하려다가 장난 좀 친 거야."

"아… 내가 아까 했던 말을 진짜로 이용한 거야?"

실베리오의 말을 듣고 나서야 경계의 눈빛을 거두고는 온몸의 긴장을 풀었다.

문득 주변을 둘러보니 선수들의 시선이 모두 자신과 실베리오에게 집중되어 있었다.

그들의 눈에는 '정말 민우의 말대로 친 거야?'라고 묻는 듯한 눈빛이 담겨 있었다.

"고럼. 민우 네가 홈런을 때려내는 걸 보고 확신이 섰지. 네가 확실히 알아냈구나 하고 말이야."

확신에 찬 표정으로 민우를 바라보는 실베리오의 눈빛은

반짝반짝 빛나고 있었다.

민우는 왠지 조금 전의 상황이 다시 생각나 그 눈빛이 부담스럽게 느껴졌다.

“어… 음, 그래. 알겠으니까… 난 남자한테는 관심 없다는 거만 알아줘.”

민우가 완곡한 거부의 몸짓으로 손을 올린 채 뒤로 물러서자 실베리오는 무슨 말인지 모르겠다는 듯 고개를 갸웃거렸다.

* * *

실베리오의 홈런 이후 와일드는 안정을 찾은 듯 다시금 호투를 이어나갔다.

그리고 그런 와일드를 돕기 위해 무던히 애를 쓰던 메버릭스의 타자들은 7번 콜맨과 8번 헨리케즈가 2루타—안타를 합작하며 밀러로부터 1점을 뽑아냈지만, 이후 더 이상 점수를 뽑아내지 못했다.

어느새 경기는 7회 말, 1아웃 상황.

따악!

“와아아!”

“좋아!”

“와일드 녀석이 천적을 만났구나!”

민우는 다시 한 번 들어선 타석에서 와일드를 상대로 2루타를 뽑아내며 상대를 흔들어놓았고, 뒤이어 나온 실베리오가 1타점 2루타를 때려내며 점수 차이를 다시 벌려 놓았다.

실베리오의 안타로 실점을 추가한 와일드는 결국 강판이 되고 말았고, 뒤이어 올라온 페니가 식스티 식서스의 8, 9번 타자를 연속 삼진으로 잡아내며 이닝을 마무리 지었다.

8회 초, 밀러의 뒤를 이어 경기를 마무리하기 위해 올라온 라이언은 안타 하나를 맞은 것을 제외하곤 깔끔한 투구로 메버릭스의 타자들을 찍어 눌렀다.

* * *

9회 초 2아웃.

딱!

메버릭스의 마지막 타자, 3번 누네즈가 때려낸 타구가 우중간 센터 방면을 향해 날아오고 있었다.

타다닥!

"마이 볼!"

팍!

시야 상단에 보이는 초록색 화살표를 따라 여유 있게 쫓아간 민우의 글러브로 타구가 가볍게 안착하며 그대로 경기가 종료되었다.

"나이스 민우!"

백업을 위해 달려왔던 실베리오의 외침에 민우는 글러브를 맞대며 화답했다.

식스티 식서스는 메버릭스에게 2연승을 따내며 쾌조의 흐름을 이어갔고, 동시에 시즌 전적 28승 28패를 기록하며 메버릭스를 제치고 단독 3위로 올라섰다.

민우는 3타석 3타수 2안타(1홈런) 2타점 3득점을 기록하는 대활약으로 시즌 타율 0.667을 유지했다.

빠르게 샤워를 마치고 라커룸을 빠져나가는 민우의 모습을 발견한 실베리오가 고개를 갸웃거렸다.

'응? 민우가 웬일로 훈련을 마다하고 숙소로 가는 거지? 혹시……'

무언가에 쫓기는 듯이 잰걸음으로 멀어져 가는 민우의 뒷모습에 무언가 생각이 나며 문뜩 소름이 돋은 실베리오였다.

'민우! 아니야! 난 게이가 아니라고! 피할 필요까진 없잖아!'

제자리에 선 채로 동상처럼 굳어버린 실베리오의 마음속 절규는 아무도 들을 수 없었다.

*　　*　　*

자신의 방에 들어서자마자 의자에 털썩 주저앉은 민우가

몹시 혼란스러운 표정을 짓고 있었다.

'후, 이게 도대체 어떻게 된 일이람?'

이유는 두 가지, 스킬과 포인트 상점이라는 존재를 알게 되었기 때문이었다.

'능력치랑 퀘스트가 생긴 것도 솔직히 말이 안 되는 거긴 한데. 스킬에 포인트 상점이라니……. 뒤늦게 나타난 걸 보면 다른 게 더 숨어 있을 수도 있다는 말 아닌가?'

민우는 눈을 감은 채 머리를 쥐어짜 보았지만 의문은 전혀 해결이 되지 않았다.

'으으으, 모르겠어!'

머리가 띵해지는 느낌에 민우가 거칠게 고개를 흔들고는 생각을 놓아버렸다.

'뭐, 때가 되면 뭐가 또 튀어나오겠지. 생각해 보면 처음에 능력치가 생길 때도 그랬잖아? 일단 확인이나 해보자.'

민우는 일단 난생 처음으로 생겨난 스킬인 '타격의 신'의 효과를 확인해 보기로 했다.

'타격의 신!' 이름만 보면 당장에라도 메이저리거가 될 수 있을 것 같은데. 도대체 무슨 효과를 주는 거지?'

민우가 의문을 가진 채 생각을 떠올리자 우측 상단에 언제 생긴 건가 싶은 문양이 반짝거렸다.

문양의 모양은 배트를 한 손으로 쥔 채 머리 위로 들어 올린 모양으로 뒤쪽에 후광이 비추는 듯한 배경을 가지고 있었다.

민우의 시선이 닿자 문양이 쑥 하고 확대되며 설명이 나타났다.

[타격의 신(Lv.1, 1%, Passive)]

—본인과 소속된 팀의 타자들에게 효과가 자동으로 적용됩니다.(소모 체력 없음)

—본인: 파워 +3, 정확 +3이 상승합니다.

동체 시력이 3% 상승합니다.

반응속도가 3% 상승합니다.

—팀 타자: 1~3번 타자의 정확 +1, 4~6번 타자의 파워 +1, 7~9번 타자의 정확 +1이 상승합니다.

—해당 스킬은 경기가 진행 중일 때에만 효과가 적용됩니다.

스킬 설명에 쓰인 내용은 아주 간단했지만 그 효과는 굉장했다.

'이거… 대박이잖아?'

스킬 시전자, 즉 민우뿐 아니라 민우가 소속된 팀원에게까지 그 효과가 미치는 굉장한 스킬이라고 할 수 있었다.

거기에 시전자에게는 더욱 특별한 효과가 부여되었다.

'동체 시력이랑 반응속도가 3%씩 상승하면 지금보다 공을 더 쉽게 구분해서 대처할 수 있을 거야. 이건 진짜 대박이다! 거기다가…….'

겨우 정신을 차리고 설명을 다시 살펴보던 민우의 눈에 스킬 이름 옆에 쓰여 있는 레벨과 경험치, 스킬의 종류가 보였다.

"레벨 1? 스킬 레벨이 1이라면, 레벨을 올리면 더 대박이란 소리잖아!"

민우는 놀란 나머지 큰 소리를 냈다가 누군가 들을까 흠칫하며 문 밖에 신경을 집중했지만 다행히 누군가 찾아오는 상황은 발생하지 않았다.

다시

'스킬에 레벨 업 시스템이라니.'

그 말대로였다.

레벨 1에 능력치가 3이 상승한다면, 레벨 2에는 4가 상승할지도 모를 일이었다.

그럼 레벨이 3이 되고 4가 되고 5가 된다면…….

잠시 상상의 나래를 펼치던 민우가 표정을 굳히고는 고개를 저었다.

'아니야. 아직 경험치가 얼마나 빠르게 오를지도 알 수 없는데 벌써부터 김칫국을 마실 필요는 없지. 그리고 패시브 스킬이라는 건 내가 의식하지 않아도 자동으로 사용이 된다는 말이잖아. 굳이 경기 중에 의식할 필요는 없다는 말이지.'

스킬이라는 생소한 시스템에 혹했던 민우는 살짝 들떠 오르던 기분을 빠르게 가라앉혔다.

'일단 스킬은 내가 어떻게 할 수 없으니까 미뤄두고 상점을 살펴보자.'

민우는 포인트 상점을 살펴보기 위해 시야에 보이는 이미지들을 하나하나 살펴보았다.

'아까 분명히 포인트 상점이 개방됐다고 했었는데… 어떻게 보는 거지? 평소 같았으면 지금쯤 알아서 떴어야 하는데?'

새로운 기능에 잠시 고민을 해보았지만 평소와 다르게 자동으로 떠오르는 창은 없었다.

'이상하네. 그럼… 포인트 상점!'

띠링!

—현재 보유 포인트: 2,940

—포인트 상점을 이용하시겠습니까?

—포인트 상점을 이용하시려면 '상점'을, 포인트 상점을 닫으시려면 '닫기'를 외치십시오.

민우가 속으로 외치자 그제야 알림창이 하나 떠오르며, 추가로 확인 작업을 거치는 모양이었다.

'아, 이건 왜 정확한 명칭을 생각해야 떠오르는 거지?'

하지만 의문을 가진 것도 잠시였다.

민우의 관심은 현재 소유한 포인트로 넘어가 버렸다.

'내가 지금까지 모은 포인트가 2,940인건가?'

사회인 야구에서 한국 프로야구 2군을 거쳐 마이너리그로 오면서까지 민우가 수행했던 퀘스트의 수는 꽤 많았다. 그 결과가 바로 2,940이라는 포인트 보유량이었다.

생각을 하다 보니 야구를 시작한 이후 겪었던 일들이 주마등처럼 스쳐 지나갔다.

'꽤 많이 했지, 퀘스트……. 이 정도면 좋은 거 몇 개 살 수 있지 않을까?'

민우는 기대감에 두근거리는 마음을 다독이며 상점을 이용하기 위해 속으로 '상점'이라고 외쳤다.

띠링!

—포인트 상점을 이용 중입니다.

—일주일마다 상품의 종류, 가격이 변동됩니다.

—구매하실 상품의 이름과 가격, 사용 조건을 확인하세요.

—포인트 상점에서 구매한 상품의 구매 철회는 불가능합니다.

또랑또랑한 눈빛으로 설명을 쭉 읽어 내려가던 민우의 미간이 순간 찌푸려졌다.

'일주일마다 종류랑 가격이 바뀐다고? 이거 뭐야. 복권이라도 되는 거야?'

도무지 의도를 알 수 없는 제한 사항에 머리가 띵한 느낌이었다.

하지만 노려봐도 답은 나오지 않았다.

'일단 목록부터 보자.'

띠링!

—능력치, 스킬, 아이템, 특성 강화 중 원하는 상점을 선택하세요.

포인트 상점은 능력치, 스킬, 아이템, 특성 강화의 4종류로 구분되어 있어 모든 상품을 한 번에 볼 수가 없었다.

'그럼 순서대로 볼까? 능력치 상점.'

띠링!

[능력치 상점]

—포인트로 능력치를 구매할 수 있습니다.

—구매를 원하시는 능력치의 번호나 이름을 외치시면 구매할 수 있습니다.

[타자]

1. 파워 +1~3—1,200p

2. 정확 +3~5—2,200p

3. 주력 +0~2—300p

4. 송구 +1~3—1,200p

5. 수비 +2~4—1,700p

[투수]
6. 구속 +2~4—1,700p
7. 제구 +0~2—300p
8. 멘탈 +2~4—2,200p
9. 회복 +1~3—1,200p
10. 체력 +1~3—1,200p

기대에 찬 표정으로 상점을 열어본 민우의 표정이 가격을 확인하며 천천히 굳어지고 말았다.

'너무 비싼데.'

능력치를 구매하는데 포인트를 최소 1,000포인트가량 써야 한다니…….

지금껏 모은 포인트로 능력치에 투자하는 것은 심각한 낭비로밖에 판단되지 않았다.

'그런데 수치가 왜 다 제각각이지?'

낙심하던 민우는 '혹시나' 하는 마음으로 상세 설명을 확인했다.

[능력치 구매 시 최소 수치(앞자리)에서 최대 수치(뒷자리)의 사이에서 랜덤으로 적용됩니다.]

[상승 수치는 일주일마다 임의의 수치로 조정됩니다.]

포인트 상점의 상품은 고정 수치가 아니라 랜덤으로 수치가 상승하는 시스템이었다.

'이거 진짜 복권이잖아.'

일주일마다 판매, 확률 랜덤… 민우의 머리에 복권이 스쳐 지나갔다.

그런 생각이 들자 민우의 시야에 300포인트로 가격이 책정된 주력과 제구 능력치가 눈에 들어왔다.

'300포인트로 운이 좋다면 2의 능력치를 얻을 수 있는 건가?'

잠시 고민을 하던 민우가 고개를 저었다.

'복권은 잘될 확률이 낮지. 1이라도 준다면 모를까 꽝이 될 수도 있으니까… 일단 패스하자.'

생각을 정리한 민우는 능력치 상점을 닫고 스킬 상점을 열어보았다.

'스킬 상점.'

띠링!

[스킬 상점]

—스킬 상점은 각 능력치의 등급에 따라 관련 스킬이 개방됩니다.(ex. 파워 능력이 레어 등급 달성 시, 파워 관련 스킬 개방)

—아직 개방되지 않은 스킬을 확인할 수 있습니다.(500포인트 소모)

—구매를 원하시는 스킬의 번호나 이름을 외치시면 구매할 수 있습니다.

설명을 천천히 읽어본 민우는 고민에 빠졌다.

'능력치 등급에 따라서 스킬이 개방된다는 건, 더 좋은 스킬이 존재한다는 말이겠지. 어떤 스킬이 있는지 궁금한데.'

민우는 개방되지 않은 스킬을 확인하기 위해 500포인트를 소모해야 하나 잠시 고민하다가 이내 접어버렸다.

'지금 확인하기엔 포인트가 너무 부족해. 일단은 참고 지금 개방된 스킬부터 확인하자.'

[개방된 스킬 수 11/?]

'일단 지금 살 수 있는 스킬은 11개란 말이지.'

이제 갓 상점이 열려서인지 이유는 모르겠지만 개방된 스킬 숫자는 11개였다.

[타자]

1. 공포의 공갈포(Active)—2,500p

—경기당 한 번 사용 가능.(체력 20소모)

—한 타석에서 효과 적용.

—순간적으로 파워가 6 상승하고, 정확이 3 하락합니다.

2. 똑딱이(Active)—1,500p

스킬 목록을 하나하나 살피던 민우의 눈에 살짝 실망한 기색이 차올랐다.

공포의 공갈포 스킬을 사용하면 배트 스피드나 장타력이 미미하게 상승하지만 그만큼 선구안과 타격 범위가 미미하게 좁아지는 식이었다.

'공포의 공갈포든 똑딱이든… 이름에 비해 그 효용이 너무 좋지 않다.'

스킬 상점에 개방되어 있는 스킬의 대부분은 순간적으로 파워를 올리는 대신 정확이 하락하는 식의 스킬이 대부분이었다.

그런 민우의 눈에 한 스킬이 눈에 띄었다.

'음? 돌직구?'

7. 돌직구(Active)—4,000p.

—경기당 세 번 사용 가능.(체력 5소모)

—스킬을 사용한 타석에 적용.

—패스트볼의 회전수가 2배로 증가하며, 타자의 눈을 현혹하

여 피안타율이 대폭 하락합니다.

'다른 스킬들은 단순히 능력치에 영향을 주는 스킬인데, 돌직구 스킬은 다르다. 스킬이 영향을 주는 범주가 달라. 저건 분명 더 상위 레벨의 스킬이야. 그러고 보니, 능력치 등급에 따라 스킬이 개방된다고 했지?'

그 문구가 생각난 민우가 능력치를 살피더니 눈에 이채를 띠었다.

—구속[R, 65(37%)/100]

'구속이 레어 등급으로 올랐어. 그래서 전혀 다른 스킬이 나온 거야. 저건 그럼 구속에 관련된 스킬이라는 말이구나.'

다시 한 번 다른 스킬들과 돌직구 스킬을 비교해 본 민우가 이내 고개를 끄덕였다.

'내 판단이 옳다면 포인트를 모아뒀다가 더 좋은 스킬을 사는 것도 나쁘진 않을 거야. 다만… 투수 스킬은 당장 쓸 곳이 없으니 살 필요는 없어. 타자 능력치를 키우는 게 급선무다.'

마지막으로 스킬 목록을 가볍게 훑은 민우가 고개를 끄덕이고 스킬 상점을 닫았다.

'이제 스킬은 됐고, 아이템 상점도 확인해 보자. 아이템 상점!'

띠링!

[아이템 상점]

—야구와 관련된 다양한 아이템을 판매합니다.

—아직 개방되지 않은 아이템을 확인할 수 있습니다.(500포인트 소모)

—각 아이템의 사용 조건을 확인하십시오.

—구매를 원하시는 아이템의 번호나 이름을 외치시면 구매할 수 있습니다.

—아이템은 구매자에게만 그 효과가 적용됩니다.

[개방된 아이템 수 10/?]

[타자]

1. 참나무 배트—10p

—참나무를 대충 깎아 만든 저급의 배트.

—몹시 무겁고 단단해 사용감은 그다지 좋지 않다.

—정확 —2, 파워 —2. 체력 소모 2배 증가.

'이런 걸 왜 파는 거지?'

민우의 눈빛에 순간 어이없는 기색이 돌았지만 다음에 보이는 아이템을 보고는 화색을 띠었다.

4. 윤기가 흐르는 자작나무 배트—300p

—자작나무를 특수 가공 처리하여 만든 배트.

—물푸레나무와 단풍나무의 장점을 두루 겸비해 수월한 타격이 가능하다.

—적당한 유연성과 단단함, 내구성을 가지고 있다.

—정확 +3, 파워 +3. 모든 구종 안타 확률 5% 상승.

'오. 이건 좀 괜찮은 것 같은데? 가격에 비해 능력치가 괜찮아 보여. 설명만 보면 잘 부러지지도 않을 것 같기도 하고. 요놈은 킵해놓고.'

마음 속 장바구니에 물건을 담은 민우는 계속해서 상점을 살피기 시작했다.

그리고 민우의 눈이 이전보다 더욱 크게 뜨였다.

[공통]

8. 티타늄 목걸이—500p

—티타늄을 고도의 기술로 제련하여 만든 목걸이.

—아주 단단한 강도를 가져 쉽게 망가지지 않는다.

—모든 능력치 +1. 체력 +20.

9. 게르마늄 목걸이—1,000p

—티타늄을 제련한 줄에 게르마늄 칩을 촘촘히 박아 넣은

목걸이.

—시원한 재질로 피부에 닿는 느낌이 좋다.

—모든 능력치 +2. 체력 +30.

10. 마법의 드링크—100p

—도핑에 걸리지는 않지만 알 수 없는 성분으로 이루어진 드링크제.

—알싸한 맛을 내며 목 넘김이 좋다.

—능력치가 랜덤으로 상승한다.

—부작용: 상승한 능력치가 다음 날 두 배로 하락한다.

'목걸이는 좀 대박인데? 좀 위험해 보이는 약도 가격이 싸니까 중요할 때 쓰면 괜찮을 것 같고.'

아이템의 기능을 빠르게 훑어본 민우의 표정이 미묘하게 변했다.

'포인트며 스킬이며 너무 비싼데 비해 아이템 쪽은 조금 유도리가 있구나. 특히 목걸이는 배트에 비하면 거의 영구적으로 사용할 수 있잖아. 과감하게 1,000포인트를 투자해 버려?'

목걸이를 바라보는 민우의 눈빛이 갈등으로 흔들리고 있었다.

'포인트만 조금 더 있었다면 과감히 질렀을 텐데…….'

아이템 상점에서 눈이 가는 아이템은 '윤기가 흐르는 자작나무 배트'와 '게르마늄 목걸이'였다.

특히 민우가 지금 가지고 있는 배트는 아버지가 쓰시던 배트 단 한 자루뿐이었다. 보통의 타자들이 배트가 부러질 것에 대비해 몇 자루씩 준비해 놓는 것이 일반적인데 비해 민우는 배트가 없는 것이나 마찬가지였다.

'지금껏 배트가 부러지지 않은 것도 용한 일이야. 그만큼 좋은 배트라는 말이기도 하겠지. 만약에 배트를 새로 구해야 한다면 일반적인 배트보단 상점에서 구입하는 게 나을 거야. 300포인트나 투자해야 하긴 하지만… 파워랑 정확이 3씩 상승하고 모든 구종 안타 확률이 5%나 상승한다. 확률은 확률일 뿐이겠지만… 지금의 나에게 가장 어울리는 배트라고 할 수 있어.'

신중한 고민 끝에 민우는 '윤기가 흐르는 자작나무 배트'를 구매하기로 결정을 내렸다.

'일단은 가장 필요한 것부터 사자. 4번, 윤기가 흐르는 자작나무 배트 구입!'

—'윤기가 흐르는 자작나무 배트'를 구매하였습니다.

—300포인트가 소모됩니다.

—현재 보유 포인트: 2,640

민우가 결심을 내리는 순간 구매가 완료되었다.

동시에 민우의 눈앞이 일렁거리더니 배트 손잡이가 쑤욱 하고 튀어나왔다.

“헉!”

깜짝 놀란 민우가 뒷걸음질을 치고는 가슴에 손을 댄 채 천천히 배트 손잡이를 살폈다.

꿀꺽!

긴장한 듯 침을 삼킨 민우가 조심스럽게 배트 손잡이를 잡아 당겼다.

쑤욱!

약간의 힘이 주어지자 배트가 쑥 하고 빠져나왔고, 일렁거리던 구멍은 어느새 감쪽같이 사라져 있었다.

‘사람 정말 여러 번 놀라게 하는구나.’

손에 들린 배트는 나뭇결이 너무도 선명해 마치 살아 있는 듯 보였다.

배트를 손으로 몇 번 쓰다듬던 민우가 배트를 바로 쥐고는 크게 휘둘렀다.

부웅!

‘오!’

이제 막 자신의 손에 들어온 배트인데도 마치 자신의 신체 일부인 것처럼 전혀 불편함이 느껴지지 않았다.

‘아버지가 쓰시던 배트도 내 몸에 맞춘 것처럼 느껴졌는데… 이 배트는 마치 팔을 휘두르는 것처럼 편안해. 아주 좋아.’

민우는 만족한 표정으로 들고 있던 배트를 내려놓은 뒤, 아버지의 배트를 들어보았다.

그동안 민우와 함께 많은 경기를 뛰면서 처음보다 상처가 더욱 많이 생긴 배트였다.

'그동안 고생 많았다.'

아련한 눈빛으로 마음속으로 인사를 건넸다.

이제 마지막으로 남은 것은 특성 강화였다.

'특성 강화라는 건 뭘 말하는 거지? 보면 설명이 나오겠지? 특성 강화!'

띠링!

[특성 강화]

—포인트로 특성을 구매해 능력을 강화할 수 있습니다.

—아직 개방되지 않은 특성을 확인할 수 있습니다.(500포인트 소모)

—어떤 특성을 장착하느냐에 따라 플레이 스타일이 달라질 수 있습니다.

—구매를 원하시는 특성의 번호나 이름을 외치시면 구매할 수 있습니다.

—특성은 중복으로 장착할 수 있습니다.

—현재 장착된 특성: 레이더

특성 강화 상점의 마지막 줄에 쓰인 자신의 특성을 확인한 민우가 어리둥절한 표정을 지었다.

'응? 내 특성이 레이더라고? 레이더가 뭔데?'

민우가 의문을 품자 좌측 상단에 항상 자리하고 있던 글러브에서 무언가가 빠져나와 눈앞에 펼쳐졌다.

[레이더, C등급]

—수비 시 타구의 방향을 예측해 타구 판단을 돕는다. 슬라이딩 수비 성공 확률이 높아진다.

—등급 업 조건

1. '수비' 등급: 익스퍼트/레어—미달성

2. 슬라이딩 캐치: 20/20—달성

3. 펜스 플레이: 20/20—달성

4. 'One Shot Two Kill!' 퀘스트: 1/5—미달성

설명을 주욱 읽어본 민우의 눈이 크게 떠졌다.

'아! 그럼 수비할 때마다 보이던 화살표가 이 특성 때문이었던 거야?'

처음엔 어색했지만 이제는 수비를 할 때마다 자신의 빠른 판단에 큰 도움이 되는 화살표였다.

'퀘스트 뒤에 숫자가 붙어 있던 게 특성 때문이었구나…….
등급을 올리면 뭐 공의 궤적이라도 보여주려나?'

잠시 추측을 해보았지만 딱히 답은 나오지 않았다.

'일단 어떤 특성을 구매할 수 있는지 살펴보자.'

1. 송구 마스터: 송구의 속도, 정확도가 높아진다. 악송구 확률이 낮아진다.—3,000p

2. 번트의 달인: 번트 시도 시 원하는 방향으로 타구를 보낼 확률이 높아진다. 공이 떠오를 확률이 낮아진다.—1,500p

3. 스나이퍼: 배트의 스위트스폿이 넓어져 타격 정확성이 높아진다.—3,000p

4. 악바리: 데드볼을 맞을 시, 다음 타석에서 안타를 때려낼 확률이 높아진다.—2,000p

'별의별 게 다 있구나. 많은 만큼 쓸모없는 것도 보이고……. 응?'

특성을 살피며 실망을 금치 못하고 있던 민우의 눈에 꽤나 달콤해 보이는 특성이 보였다.

7. 투구 분석관: 투수의 구종을 예측할 수 있다.—30,000p

'이건 사야 해! 진짜 대박이다! 이것만 있으면 메이저리그도 정복할 수 있어!'

설명을 확인한 민우의 떨리는 시선이 가격으로 향했다.

'가격은… 삼, 공, 공, 공… 공? 뭐? 30,000?'

기대는 순식간에 실망으로 바뀌어 버렸다.

'에휴, 그럼 그렇지. 이런 걸 싸게 팔 리가 없지. 밸런스 붕괴지. 붕괴.'

실망은 잠시였다. 다시 정신을 차린 민우가 미련을 버리고 다른 특성을 하나하나 확인했지만 딱히 마음에 드는 특성은 없었다.

'흠. 어차피 포인트도 많이 부족하다. 아직 전부 공개된 건 아니라고 했으니까 조금만 참고 더 기다려 보자.'

깔끔하게 생각을 마친 민우는 아이템 상점으로 돌아갔다.

'당장은 능력치를 올려주는 아이템이 제일 무난하니까… 게르마늄 목걸이, 눈 딱 감고 사자.'

—'게르마늄 목걸이'를 구매하였습니다.

—1,000포인트가 소모됩니다.

—현재 보유 포인트: 1,640

게르마늄 목걸이도 배트와 마찬가지로 눈앞에 일렁이며 목걸이 끝부분이 스윽 하고 밀려 나왔다.

민우가 조심스레 목걸이를 손에 쥐자 일렁이던 구멍은 순식간에 사라져 버렸다.

착.

목걸이를 목에 감자 시원하면서도 상쾌한 느낌이 온몸으로 퍼져 나갔다.

'오우, 이거 기분 좋은데?'

잠시 거울을 보며 목걸이가 튀지는 않는지 확인한 민우가 이내 아이템 상점을 종료했다.

'닫기.'

―포인트 상점 이용을 마칩니다.

시스템의 알림과 함께 눈앞을 어지럽히던 상점 메뉴가 일순간에 줄어들며 아래로 사라져 버렸다.

시야의 아래쪽엔 어느새 카트 모양의 아이콘이 생겨 있었고, 그 위에는 친절하게도 6일 23시간 48분이라는 글자가 쓰여 있었다.

'일주일마다 목록과 가격이 변동된다고 했지. 어차피 나머지 상품들은 메리트가 없다. 고민할 것 없이 일주일 뒤에 다시 확인해 보자. 혹시 모르지, 30,000이 3,000이 되어 있을지도.'

크게 숨을 들이 내쉰 뒤 시계를 바라보니 벌써 11시가 넘어가고 있었다.

'후, 단 3일이었는데 벌써 한 달은 지난 것 같은 기분이야.'

3일 동안 98마일짜리 강속구부터 60마일짜리 너클볼까지 극과 극을 경험한 민우였다.

'싱글A가 이 정도인데, 위로 올라갈수록 더 무시무시한 놈들이 득시글대고 있겠지.'

TV에서만 보던 메이저리거뿐 아니라 코리안 메이저리거인 박찬오와 추진수를 만날 수 있을지도 모른다는 생각에 가슴이 두근거렸다.

'지금 현재에 만족해서는 안 돼. 더 멀리, 더 높이 보고 나아가야 한다. 그러려고 온 미국이야. 내일도 최선을 다하자.'

민우의 깊은 다짐과 함께 유니온 파크의 밤이 더욱 깊어져 갔다.

제2장

본격적인 행보

따악!

따악!

그라운드에 옹기종기 모인 선수들 사이로 정갈한 타격음이 규칙적으로 들려왔다.

소리의 진원지로 가까이 다가가니 민우가 나뭇결이 생생히 살아 있는 배트를 든 채 배팅케이지에서 투수가 던져주는 공을 깔끔하게 때려내고 있었다.

슈욱!

따아악!

"좋은 타격이다. 다음, 갤러거!"

"옙!"

할당량을 채운 민우가 갤러거와 주먹을 부딪치고는 배팅케이지를 빠져나왔다.

'확실히 스윙도 한결 간결해진 느낌이야. 마치 스위트스폿이 넓어진 것처럼 느껴져.'

내리쬐는 햇빛 탓에 기온이 꽤나 달아오른 상태였기에 민우는 마치 물을 뒤집어 쓴 것처럼 땀을 쏟아내고 있었다.

'예전 같으면 빗맞았을 타구도 제대로 뻗어가고 있다.'

수건으로 땀을 훔치는 민우의 목에 걸린 목걸이가 반짝거렸다.

수건을 어깨에 걸친 민우가 목에 걸린 목걸이를 만지작거렸다.

'정말 신기해. 이렇게 더운데도 목걸이는 차가운 기운을 계속해서 내뿜고 있다. 땀을 엄청 흘렸는데도 그리 힘들지가 않아. 목걸이도 그렇고 배트도 그렇고, 포인트가 전혀 아깝지 않은걸.'

만족스러운 표정으로 배트를 바라보던 민우의 옆으로 실베리오가 슬며시 다가왔다.

"여! 민우! 배트가 바뀐 것 같네?"

귓가를 울리는 목소리에 고개를 돌려보니 실베리오가 약간은 어색한 웃음을 지으며 손가락으로 배트를 가리키고 있었다.

'왜 저렇게 어색하게 웃지? 실베리오답지 않은데.'

민우가 자신을 묘한 시선으로 쳐다보자 무엇이 찔리는 지 실베리오가 다시 입을 열었다.

"그 배트, 꽤 비싸 보이는데? 새로 산거야?"

"어, 없는 돈 탈탈 털어서 샀어. 괜찮아 보이지?"

'돈이 아니라 포인트를 들여서 산 거긴 하지만.'

민우가 뿌듯한 표정으로 배트를 들어 바라보자 실베리오가 고개를 끄덕였다.

"구경 좀 해도 돼?"

민우는 실베리오의 물음에 잠시 아이템 상점의 설명을 떠올렸다.

'아이템은 구매자에게만 그 효과가 적용됩니다.'

'뭐… 별문제 없겠지?'

"물론이지, 자."

민우가 흔쾌히 배트를 건네주자 밝은 표정으로 배트를 받아 쥔 실베리오가 천천히 배트를 쓰다듬어 보더니 두어 번 크게 휘둘러 보았다.

부웅!

부웅!

"음……."

실베리오는 긴가민가한 표정으로 배트를 천천히 살피더니 다시 민우에게 배트를 건네주었다.

"왜? 어디 문제라도 있어?"

민우의 물음에 실베리오가 가볍게 고개를 저었다.

"아니, 뭔가 가벼운 것 같기도 한데 묵직하기도 하고. 내 몸에는 안 맞는 느낌이라서. 타율이 자꾸 제자리걸음이라 이참에 배트를 바꿔볼까 했거든. 근데 마침 네가 배트를 샀다기에 괜찮아 보여서 물어본 거야. 근데 나랑은 타격 메커니즘이 달라서 그런가. 영 안 맞네."

그제야 민우가 이해했다는 표정을 지었다.

'나도 아버지의 배트가 나에게 딱 맞는 배트라고 생각했는데, 이 배트는 아예 한 몸처럼 느껴질 정도니까.'

"부디 꼭 좋은 배트를 찾아서 3할을 넘기라고."

"오케이!"

민우의 응원에 실베리오가 씨익 웃음을 보였다.

"다음! 실베리오!"

"옙! 갑니다!"

*　　　*　　　*

메버릭스의와 3차전.

1회 말부터 식스티 식서스의 타자들이 메버릭스의 선발투수 캐러웨이를 두들기기 시작했다.

딱!

따악!

베이스 온 볼스!

안타 두 개를 연속으로 내준 캐러웨이는 제구가 크게 흔들리며 볼넷으로 무사 주자 만루를 만들고 말았다.

1회부터 찾아온 절호의 기회에 식스티 식서스의 팬들이 흥분에 차올랐다.

"좋아! 저 녀석 멘탈이 완전 쓰레기구만!"

"덴커! 만루다 만루! 만루 홈런 하나 때리라고!"

"언제까지 물 방망이를 휘두를 거냐!"

"4번 타자의 진가를 보여 달라고!"

타석에 들어서던 덴커는 그런 팬들의 응원 아닌 응원에 온몸이 무겁게 느껴지고 있었다.

'젠장. 나도 홈런을 때리고 싶다고. 저 애송이 녀석한테 내가 얼마나 우월한지 보여줘야 한단 말이다!'

그런 덴커의 바람과는 달리 랭커스터전에서의 2안타 이후 메버릭스와의 2경기 동안 단 하나의 안타도 기록하지 못하며 침체를 이어가고 있었다.

'저 자식이 오면서 일이 꼬인 거야. 분명해.'

채프먼에게 한 소리를 들은 이후로 궁지에 몰린 덴커는 자신의 타격 부진을 민우의 탓으로 돌리는 망상까지 하고 있었다.

부웅!

'크윽.'

밑으로 푹 꺼지는 포크볼에 덴커는 배트를 크게 헛돌리며 무릎을 휘청거렸다.

연패로 기를 펴지 못하던 메버릭스 팬들에게 그런 덴커의 부진은 씹기 좋은 먹잇감이었고, 그들의 입에서 발사된 화살이 모두 덴커에게로 쏘아졌다.

"푸하하! 저런 놈을 4번 타자로 두다니. 식스티 식서스가 무슨 생각인지 모르겠군!"

"어이, 덴커! 2할 타율로 4번 타자를 꿰찬 비결이 뭐지? 뒷줄이라도 대놓은 거야? 하하하!"

"힘들면 루키 리그에 가서 좀 쉬다 오라고~"

'이런 개자식들이…….'

표정에 변화는 없었지만 덴커의 귀와 목 부분이 시뻘겋게 물들고 있었다.

그리고 메버릭스의 포수는 그 모습을 놓치지 않았다.

'지금이라면 제대로 된 타격을 하기 힘들겠지. 빠르게 가자.'

포수의 사인을 받은 캐러웨이가 고개를 가볍게 끄덕이고는 빠른 템포로 공을 뿌리기 시작했다.

슈웅!

"볼!"

슈욱!

"스트라이크!"

2볼 2스트라이크의 볼카운트.

부웅!

틱!

'큭.'

아래로 푹 꺼지는 캐러웨이의 포크볼에 또다시 낚일 뻔한 덴커가 겨우 커트를 해내며 한쪽 무릎을 꿇으며 휘청거렸다.

홈 팬의 응원은 들려오지 않았고, 원정 팬들의 야유만이 귓가를 울리자 좀처럼 집중을 할 수 없었다.

거기에 메버릭스 배터리가 빠른 속도로 투구를 이어가고 있었기에 더더욱 정신이 없는 덴커였다.

슈욱!

부웅!

"스트라이크 아웃!"

—덴커가 크게 휘두르며… 삼진! 삼진을 헌납합니다!

—작년에 비해 확연히 좋지 않은 모습을 보이는 덴커입니다. 선구안이 완전히 무너진 모습입니다.

"젠장!"

자신의 어이없는 스윙에 화가 솟은 듯, 덴커가 배트를 바닥에 내려쳤다.

콰직!

그 힘을 이기지 못한 배트가 세로로 갈라지며 너덜너덜한 상태로 금방이라도 두 동강이 날 듯 덜렁거렸다.

"우우우!"

"그 힘을 공을 치는 데 쓰라고, 멍청아!"

더그아웃으로 향하는 덴커를 향해 팬들의 야유가 쏟아졌다.

그런 덴커를 채프먼이 못마땅하다는 듯이 쳐다보고 있었다.

딱!

퍽!

"와아아!! 아아……."

5번 타자인 해치가 때려낸 타구가 라인드라이브로 내야를 뚫을 듯 보였지만 잽싸게 몸을 날린 2루수의 글러브로 빨려 들어갔다. 예상치 못한 장면에 깜짝 놀란 주자들이 황급히 자기 베이스로 몸을 날리며 숨을 돌렸다.

순식간에 벌어진 일에 해치는 어이없는 표정으로 제자리에 멈춰 섰고, 관중들이 함성과 탄성을 순서대로 내뱉고 말았다.

무사 만루 상황이 순식간에 2사 만루가 된 상황이었다.

—상황이 참 절묘하게 돌아가는군요. 초반부터 분위기를 가져갈 확실한 기회였는데요. 여기서 점수를 내지 못한다면 충격이 상당할 겁니다.

—야구는 멘탈 게임이라고 하죠? 캐러웨이의 멘탈을 완전히 흔들 수 있는 좋은 기회였는데요. 덴커의 삼진에 해치의 운 나쁜 직선타로 분위기가 완전히 바뀌었습니다. 여기서 소득 없이 물러난다면 식스티 식서스로서는 힘이 꽤나 빠질 겁니다.

—마침 타석에 들어서는 타자가 식스티 식서스의 돌풍의 핵, 강민우 선수입니다. 강민우 선수가 타석으로 향하자 팬들의 엄청난 함성을 지르고 있습니다.

"강민우! 강민우!"

"강! 우리가 믿을 건 너뿐이다!"

"킹캉! 킹캉!"

팬들의 환호를 등에 업고 6번 타자인 민우가 타석으로 향했다.

'상황이 참 절묘하네. 내 타석에 2사 만루라니.'

여기서 자신의 활약 여부에 따라 경기의 향방이 달라질 수 있었다.

하지만 민우의 표정에는 긴장한 기색이 전혀 보이지 않고 있었다.

배터 박스 바로 옆에 선 민우가 배트를 가볍게 두어 번 휘둘렀다.

'역시 가벼워. 얼마든지 날려 보낼 수 있을 것 같아.'

브렌트의 버프에 타격의 신 스킬, 여기에 목걸이와 배트의 능력치 상승 효과까지 더해지니 무엇이든지 해낼 수 있을 것 같은 자신감이 솟아났다.

'하지만 방심은 금물이다. 공 하나하나에 집중해야 좋은 타격이 나올 거야.'

민우가 진지한 표정을 지은 채 배터 박스에 자리를 잡았다.

'이 녀석, 뭐지? 하루 만에 무슨 일이 있었던 거야?'

포수의 눈에 비친 민우의 뒷모습은 어제보다 더욱 커보였다.

'착각인 건가?'

잠시 고개를 갸웃거린 포수가 투수에게 사인을 보냈다.

'만루지만 2사야. 흐름은 우리 쪽으로 넘어오고 있어. 분명 이 녀석의 부담도 만만치 않을 거야. 초구부터 강하게 갈 필요는 없어. 라인에 걸쳐서 천천히 유인하면서 가자.'

고개를 끄덕인 투수가 와인드업 자세로 초구를 뿌렸다.

슈욱!

"볼!"

초구는 스트라이크존에서 크게 벗어나는 볼이었다.

포수의 마음과는 달리 캐러웨이의 몸에 조금씩 묻어 있는 긴장감이 제구를 힘들게 하고 있었다.

"볼!"

"볼!"

캐러웨이는 포크와 커브를 섞어 낮은 쪽 코스의 좌우로 연달아 공을 뿌려댔지만 민우는 그 공에 배트를 움직이지 않았고, 주심의 손도 올라가지 않았다.

'캐러웨이의 제구가 급격히 나빠졌어. 거기다 이 녀석, 아슬아슬한 공에 꿈쩍조차 안하고 있다. 젠장, 이젠 스트라이크존에 넣지 않을 수가 없어.'

포수는 민우의 시즌 타율과 장타율이 머릿속을 맴돌자 과감하게 한 점을 포기하고 민우를 거를까라는 파격적인 생각도 해보았지만 이내 고개를 저었다.

'이제 겨우 1회 말이야. 벤치 사인도 따로 없고, 다음 타자가 실베리오라 거른다 해도 의미가 없을지 몰라.'

불리한 상황에 머리를 계속해서 굴려보았지만 실베리오에게 호되게 당했던 기억까지 떠오르며 머릿속을 더욱 복잡하게 만들었고 쉽사리 판단을 내릴 수 없었다.

포수는 이내 복잡한 머리를 비워 버린 뒤, 타석에 들어서 있는 민우가 노리고 있을 공에 대해 추측했다.

'빠른 공을 기다리고 있을 것 같은데, 역으로 느린공을 라인 안쪽에 걸쳐서 꽂아보자. 3볼 상황이니 하나쯤은 보면서 다음 공을 예측할거야. 스트라이크를 하나만 잡아도 상황이

달라질 수 있어.'

포수가 열심히 손을 놀리며 사인을 보내자 소매로 땀방울을 훔친 투수도 고개를 끄덕였다.

민우는 민우 나름대로 생각을 정리하고 있었다.

'카운트상 공 하나쯤 넣을 타이밍이지. 이제 노림수를 가질 차례다.'

준비를 마친 투수가 이윽고 빠르게 공을 뿌렸다.

슈욱!

캐러웨이의 손을 주시하고 있던 민우는 공을 쥔 손이 둥글게 돌아감과 동시에 손을 떠난 공이 살짝 떠오르는 것이 확실하게 보였다.

'커브!'

낮은 코스로 아슬아슬하게 걸칠 듯 보였지만 너무나도 유혹적인 공에 민우의 배트가 벼락같이 돌아갔다.

"흡!"

따아악!

크게 꺾이며 스트라이크존을 벗어나려던 커브볼이 민우의 배트와 부딪히며 아주 깨끗한 타격음이 그라운드에 울려 퍼졌다.

—쳤습니다!! 뒤로 뻗어나갑니다! 큽니다!! 중앙 펜스를 향해 쭉쭉 뻗어나가는 타구. 펜스! 펜스!! 넘어~ 갑니다!! 와…

눈으로 봐도 비거리가 어마어마한데요? 강민우가 어제에 이어 오늘도 큼지막한 홈런을 날려냅니다!

—2아웃 이후에 방심을 한 걸까요? 만루 홈런을 맞으며 메버릭스 더그아웃의 분위기가 급격히 어두워집니다.

어깨 뒤로 돌아간 배트를 천천히 내려놓은 민우가 미소를 띠며 다이아몬드를 돌기 위해 천천히 1루를 향해 달려 나갔다.

메버릭스의 배터리는 망연자실한 표정으로 서로를 쳐다보고 있을 수밖에 없었다.

스코어는 순식간에 4 대 0이 되었다.

민우는 이후 4회 2루타, 6회 안타 하나를 추가하는 엄청난 활약을 보였고, 득점까지 추가하며 메버릭스와의 격차를 더욱 벌렸다.

그리고 7회말 2아웃, 주자 1, 3루에 민우의 타석이 다시 한 번 돌아왔다.

—7회말 2아웃, 주자는 1, 3루 상황. 메버릭스가 또 한 번 대위기를 맞습니다. 여기서 점수를 더 내어준다면 정말로 추격이 힘들어지는데요.

—예, 그렇습니다. 5 대 2의 스코어는 메버릭스로서는 충분히 따라잡을 수 있는 스코어라고 할 수 있습니다만 하필이면

지금 들어서는 이 선수, 오늘 엄청난 활약을 하고 있습니다.

—1회 홈런에 4회 2루타, 그리고 6회에 안타를 추가했고, 사이클링 히트까지 3루타 하나만을 남겨두고 있는 강민우 선수가 타석에 들어서고 있습니다.

—메버릭스의 코치진이 발 빠르게 움직입니다. 투수가 교체되는군요.

이닝당 거의 한 개꼴로 안타를 맞으며 근근이 버틴 캐러웨이는 민우의 타석이 되자 결국 강판되고 말았다.

캐러웨이의 뒤를 이어 올라온 투수는 어제 경기에서 와일드의 뒤를 이어 등판했던 페니였다.

금발 머리에 금빛 턱수염을 기른 페니는 이닝당 삼진을 하나씩 잡아낼 정도로 구위가 좋은 것에 비해 제구력은 그리 뛰어나지 않은 편이었다. 그래서인지 피안타율은 3할에 가까웠고, 방어율도 4점대 초반을 기록하고 있었다.

마운드에 올라 연습 투구를 하는 페니를 바라보며 타이밍을 맞추는 민우의 눈빛이 빛나고 있었다.

'분명 어제 경기에서 연속 삼진을 잡아낼 때 던진 결정구는 모두 슬라이더였지.'

몇 개의 공을 더 던진 페니가 고개를 끄덕이자 코치가 더그아웃으로 돌아가며 경기가 재개되었다.

'완벽하게 대응할 수 없다면 몸 쪽으로 붙이는 공은 버리는

것이 낫다. 철저하게 바깥쪽과 가운데로 오는 공만 노린다.'

우투수가 뿌리는 슬라이더는 스트라이크존으로 향하다 좌타자 방향으로 예리하게 꺾이는 공이기에 좌타자인 민우가 제대로 된 타격을 하지 못한다면 배트의 안쪽에 맞아 땅볼이 될 확률이 높았다.

민우는 브렌트의 가르침을 하나하나 수행하기 위해 철저히 버릴 공을 버리는 타격을 하고 있었는데 여기에 아이템을 장착하자 노리는 코스로 들어오는 공에 대응하는 능력이 대폭 상승한 상태였다.

'슬라이더는 가벼운 구종이기 때문에 높은 공을 노려 때리는 것이 가장 좋다. 하지만 무조건 높은 공만을 때릴 필요는 없다. 낮은 유인구나 몸 쪽으로 휘어 들어오는 코스는 철저히 배제하되 나머지 코스를 유연하게 활용해라.'

민우는 타석에 들어서기 전 브렌트의 가르침을 복기하며 목걸이를 한 번 쓰다듬었다.

'3루타 하나만 때리면 사이클링 히트라……. 한국에 있을 때 아슬아슬하게 놓쳤었지.'

잠시 회상에 잠겼던 민우가 배트를 크게 돌리면서 배터 박스에 들어섰다.

'한 번 해보자 민우야!'

민우가 강렬한 눈빛을 띠며 페니를 바라봤다.

띠링!

[돌발 퀘스트 발동—위대한 타자를 향해 달려라!]

—사이클링 히트는 타자로서 달성할 수 있는 가장 위대한 기록입니다.

—대기록을 달성해 이름을 알릴 기회이며, 메버릭스의 추격 의지를 완벽하게 잠재울 수 있는 좋은 기회입니다.

—성공 시 영구적으로 파워 +1, 정확 +2, 주력 +3. 300포인트 지급.

—실패 시 일주일 간 파워 −1, 정확 −2, 주력 −3. 하루 동안 근육통 발생.

—본 퀘스트는 발생 횟수에 제한이 없습니다.

민우의 의지의 발현이었을까.

기다렸다는 듯 퀘스트 알림창이 민우의 눈앞에 떠올랐다.

'사이클링 히트가 대기록은 대기록인가 보구나. 보상의 급이 다르다, 이건…….'

민우는 익숙한 듯 옅은 미소를 지으며 알림창을 닫은 뒤, 페니를 바라봤다.

'아무래도, 더더욱 놓칠 수 없다! 미안하지만 오늘 내 희생양이 되어줘야겠구나!'

페니는 1루와 3루의 주자를 한 번씩 훑어본 뒤 세트 포지션으로 빠르게 공을 뿌렸다.

슈욱!

팡!

"볼!"

페니가 뿌린 패스트볼은 바깥쪽으로 크게 빠져 볼 판정을 받았다.

민우는 공을 던진 후 페니가 옅게 인상을 쓰는 것을 놓치지 않았다.

'아직 제구가 안 잡힌 건가? 하나 더 지켜보면 알겠지. 빠지면 버리고, 들어오면 친다.'

배터 박스에 한 발을 걸친 채 장갑을 매만지던 민우가 다시 타석에 들어섰다.

'타구를 내가 원하는 곳에 보낸다면 쉽겠지만… 먼 훗날에나 가능하겠지.'

슈욱!

페니가 뿌린 공이 스트라이크존의 바깥을 향해 날아왔다.

팡!

포수는 공을 포구하자마자 미트질을 하며 스트라이크존에 교묘히 걸치는 수를 썼지만 주심은 미동조차 하지 않는 모습이었다.

'역시. 무슨 이유인지는 모르겠지만 분명 제구가 아직 완벽

하지 않다. 그럼 노림수를 가져가기 수월하지. 와라!'

포수는 페니가 제구를 잡는 것을 돕기 위해서인지 포수 미트를 팡팡 치며 가운데로 내밀어 보였다.

민우는 투수를 바라보고 있었기에 소리밖에 들을 수 없었지만 왠지 포수의 미트 소리가 '스트라이크존으로 던져'라고 말하는 것처럼 들려왔다.

'한 번 노려볼까.'

민우는 배트를 꽈악 움켜쥐고는 언제든지 허리를 돌릴 준비를 마쳤다.

이윽고 고개를 끄덕거린 페니가 세트 포지션으로 힘차게 공을 뿌렸다.

'투수가 가장 자신 있게 던질 수 있는 공은…….'

그와 동시에 민우의 허리가 빠르게 회전하며 배트를 돌리기 시작했다.

'역시, 포심 패스트볼이지!'

따아악!

—2볼. 제3구! 제대로 받아놓고 때립니다! 센터 쪽! 멀리 뻗어나갑니다!! 중견수가 빠르게 펜스를 향해 이동합니다!!

타타타탓!

민우는 타격과 함께 배트를 내던지고는 타구를 바라보며

빠르게 스퍼트를 끊었다.

능력치가 많이 오른 탓인지 평소보다 달리는 것이 훨씬 수월한 느낌이 들었고 귓가를 날카롭게 스치는 바람 소리가 더욱 매섭게 느껴졌다.

'될까?'

슈우욱~ 탕!

타구를 쫓아 열심히 달리던 중견수의 머리 위로 크게 지나친 타구가 펜스 상단에 부딪혀 날아온 속도만큼 빠르게 튕겨 나갔다.

"이런!"

뒤늦게 펜스에 도착한 중견수가 글러브를 든 손을 허우적거렸지만 타구는 그보다 더 빠르게 튕겨 뒤로 굴러가고 있었다.

―펜스 쪽! 중견수의 키를 넘겨 펜스를 맞고 튀어나오는 타구입니다! 중견수와 타구가 엇갈리고 맙니다! 그사이 강민우 선수가 2번째 베이스를 지나 3루를 향해 질주합니다!

'된다!'

속도를 낮추지 않은 채 타구가 중견수와 엇갈리는 것을 목격한 민우가 하체 근육을 더욱 매섭게 조였다.

타타타탁!

그사이 공을 잡아낸 중견수가 전력을 다해 3루를 향해 공을 뿌렸다.

쑤아악!

베이스에 거의 도달하자 민우가 멋지게 몸을 던졌다.

촤아아악!

그리고 뒤늦게 날아온 공과 민우가 거의 동시에 베이스에 도착했다.

민우와 메버릭스의 3루수, 양 팀 더그아웃의 선수들, 일어서 있던 관중들까지 모두의 시선이 3루심의 손이 어떤 모양을 그릴지 주목했다.

아주 잠깐 동안 굳어 있던 심판의 손이 이윽고 어느 한 모양을 그렸다.

'됐다!'

판정을 확인한 민우가 베이스를 밟은 채 주먹을 들어 올려 보였다.

동시에 관중석에서 경기장이 무너지지 않을까 걱정될 정도로 엄청난 환호성이 쏟아지기 시작했다.

"와아아아아아아!!"

"대박!! 민우 대박!!"

"킹 캉이 해냈다!!"

—아!!! 3루심의 판정은… 세잎!! 세이프입니다!! 강민우 선수

가 빠른 발을 살려 사이클링 히트를 기록합니다!! 이 기록으로 하이 싱글A 역사에 자신의 이름을 새겨 넣습니다!

—와… 정말 뭐라고 할 말이 없네요. 정말 대단합니다. 어느 누가 저 선수를 이제 갓 데뷔한 선수라고 생각할까요? 정말 재능이 넘친다고 표현하면 어울릴까요?

—단 4경기를 지켜본 것뿐이지만… 벌써부터 앞으로 어떤 모습으로 저희를 더 놀라게 할지 기대가 됩니다.

—스코어는 7 대 2로 벌어집니다.

띠링!

[돌발 퀘스트—위대한 타자를 향해 달려라! 결과]

—사이클링 히트를 달성했습니다.

—대기록을 달성해 역사에 이름 석 자를 남겼습니다.

—메버릭스의 추격 의지를 완벽하게 저지하였습니다.

—퀘스트 성공 보상으로 영구적으로 파워 +1, 정확 +2, 주력 +3이 상승합니다. 300포인트가 지급됩니다.

민우는 퀘스트의 보상을 확인하며 관중들의 환호성을 온몸으로 만끽했다.

'아… 이 맛이구나. 이 맛에 야구를 하는 거야.'

더그아웃 안전바에 기대어 손에 땀을 쥔 채 민우가 달리는 모습을 바라보던 브렌트는 양손을 들어 올리며 민우의 사이클링 히트 달성을 기뻐했다.

'저 녀석. 투수의 심리까지 분석하고 대응한 건가? 기특한 녀석이구나. 정말 기특해. 그래서 더더욱 내 모든 것을 가르쳐 주고 싶구나.'

반면, 그 옆에 나란히 서 있던 채프먼은 이틀 연속으로 넋이 나간 표정을 지으며 민우의 모습을 쳐다보고 있었다.

'저놈이 도대체 어떻게……. 메이저리그에서 뛰는 동양인들처럼… 변종인건가?'

더그아웃에 안쪽에서 음료수를 마시던 덴커 역시 채프먼과 비슷하게 믿을 수 없다는 표정을 지은 채 굳어 있었다.

'말도 안 돼. 제깟 녀석이 며칠 사이에 홈런이며 사이클링 히트며 때려낸다는 게 말이 돼? 분명 몰래 스테로이드라도 빨고 있을 거야, 분명히! 그게 아니라면 이건 말이 되지 않는다고!'

덴커는 불신에 휩싸인 듯 음료수를 마시던 종이컵을 꽉 쥐어 구겨 버렸다.

따악!

실베리오가 때려낸 타구가 중견수 방향으로 향했다.

"마이 볼!"

그러나 그대로 플라이 아웃이 되는 바람에 민우는 홈 플레이트를 밟지 못했다.

—2사 1루, 메버릭스의 마지막 추격 기회가 될 수도 있는 타석입니다.

—6, 4, 3 병살타! 경기 종료! 식스티 식서스가 4연승을 달립니다!

민우의 대활약에도 끝까지 포기하지 않고 분발한 메버릭스였지만 힘이 빠진 듯 겨우 한 점을 더 추가하는데 그치며 경기 스코어 7 대 3으로 식스티 식서스의 승리로 마무리되었다.

민우는 4타석 4타수 4안타(1홈런) 6타점 2득점이라는 어마어마한 기록과 동시에 사이클링 히트라는 대기록을 달성하는 위엄을 선보였다.

오늘 경기로 인해 시즌 타율은 대폭 상승하여 0.777이라는 엄청난 타율을 기록하게 되었다.

*　　　*　　　*

사각사각!

10평 정도 되는 사무실.

책꽂이에 꽂힌 수많은 야구 관련 서적과 벽에 걸려 있는 스포츠와 관련된 각종 사진들은 사무실의 주인이 야구와 관련된 일을 하는 것을 증명하고 있었다.

그리고 그런 사무실의 주인인 듯 보이는 금발의 남성이 널따란 업무용 책상에 놓인 서류에 펜으로 무언가를 끄적이고 있었다.

똑똑!

문을 두드리는 소리에 남자의 입에서 저음의 목소리가 새어 나왔다.

"들어와."

끼이익!

문이 열리며 들어서는 이는 검은 치마 정장에 하얀 블라우스를 입고 한 손에 파일 하나를 들고 있었다.

사무실로 들어온 여자는 남자의 비서인 듯 고개를 꾸벅 숙인 뒤, 파일을 책상에 올렸다.

"사장님이 말씀하신 강민우라는 선수, 어제 경기에서 사이클링 히트를 기록했다고 합니다."

"오~ 그게 사실인가?"

비서의 말에 남자는 전혀 의외라는 눈빛을 보냈다.

"네. 앞에 드린 파일에 강민우 선수의 프로필과 어제 경기까지의 기록을 모두 기재해 두었습니다."

남자가 고개를 끄덕이며 파일을 손에 집어 들었다.

"수고했네. 그만 나가보게."

남자의 말에 비서가 고개를 꾸벅 숙인 뒤 문을 닫고 사라졌다.

남자는 천천히 파일을 살피기 시작했다.

'흠. 한국에서의 기록은 2군 기록이 전부군. 탁월한 배트 스피드를 가져 패스트볼 대처 능력은 우수하다. 하지만 브레이킹 볼에는 약한 모습을 보였다라……. 그래도 최근 경기 기록에선 전혀 그런 모습을 보이지 않고 있군.'

남자는 민우의 프로필을 천천히 살피며 고심하는 표정을 짓고 있었다.

'부상 경력이 걸리긴 하지만 아주 어릴 적의 일이야. 다시 확인을 해봐야겠지만 다저스의 메디컬 테스트를 통과한 것을 보면 딱히 문제가 될 것 같지는 않고……. 굳이 꼽자면 부상 부위에 대한 심리적인 영향 정도가 있겠지. 아직까지 문제가 드러나지 않았지만 언젠가는 크게 다가올 수도 있다.'

남자는 단 하루 만에 민우의 과거부터 현재에 대한 모든 프로필을 구한 것을 볼 때, 보통 능력을 가진 이가 아닌 듯 했다.

'와일드의 너클볼을 홈런으로 만들었다기에 관심이 갔는데 사이클링 히트라……. 마치 내가 자신에게 관심을 가질 것을 알았다는 듯한 강한 어필이로군. 허허. 될성부른 떡잎이야. 아직 겨우 4경기뿐이지만 그 4경기에서 보여준 것이 너무나도 강력하다. 이 정도면 다른 에이전시에서도 탐을 낼 만하겠어. 다른 곳에서 채가기 전에 빠르게 계약하는 게 좋겠어.'

고민에 고민을 거듭하던 남자는 결단을 내린 듯 책상 위에 놓인 기계의 버튼을 눌렀다.

삑!

"클로에. 한나를 불러주게."

"알겠습니다."

삑!

끼익!

"흐음……."

버튼에서 손을 뗀 남자는 결정을 마치고 홀가분한 표정으로 의자에 몸을 깊이 파묻었다.

그런 남자가 기댄 등 뒤로 벽에 쓰인 큼지막한 글씨가 보였다.

'보라스 코퍼레이션.'

한국에서도 익히 알려진 초거대 스포츠 에이전시의 이름이었다.

그리고 그와 비슷한 시기에 다른 에이전시에서도 이와 같은 움직임이 속속들이 포착되었다.

제3장

첫 원정—레이크 엘시노어 스톰

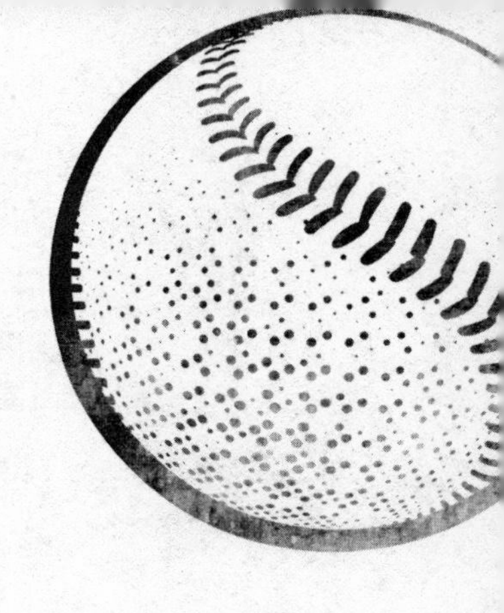

〈66ers의 슈퍼 루키 '킹 캉(King Kang)' 강민우, 사이클링 히트 대기록 달성하다.〉

San Bernardino, CA—인랜드 엠파이어 식스티 식서스의 중견수 강민우가 데뷔 4경기 만에 사이클링 히트를 달성했다.

이날 6번 타자, 중견수로 선발 출장한 강민우는 첫 타석부터 홈런포를 가동시켰다.

1회 말, 2사 만루 상황에서 타석에 들어선 강민우는 메버릭스의 선발 캐러웨이를 상대로 만루 홈런을 때려내며 심상치 않은 시작을 알렸다. …(중략)… 강민우는 아슬아슬하게 살아남으며 3루타를 달성, 사이클링 히트를 기록하였다.

강민우는 구단 역사상 최소 경기(4경기) 만에 사이클링 히트를 달성한 선수로 이름을 올리게 되었다.

이날 강민우는 4타석 4타수 4안타(1홈런) 6타점 2득점으로 맹활약했고 팀도 7 대 3으로 승리했다.

인랜드 엠파이어 타임즈=존 그레이

경기를 관람하지 못한 식스티 식서스의 수많은 팬은 뒤늦게 마이너리그 홈페이지의 메인을 장식한 민우의 기사를 접하곤 경악과 놀라움이 섞인 반응을 내보였다.

—와, 믿을 수 없어. 사이클링 히트를 달성하다니!

—난 처음에 동양인 선수가 왔다기에 기대도 안했는데, 강의 활약으로 벌써 팀이 4연승이라고!

—더 놀라운 건 그 4경기 동안 강민우가 때려낸 홈런이 무려 3개야! 3개! 믿어져? 타율은 0.777이나 돼. 클래스가 달라!

—맙소사. 도대체 이런 보물이 어디서 굴러 들어온 거야?

—한국이란 곳에서 왔다던데?

—내일도 강이 메버릭스 놈들을 찍어 누르고, 레이크 엘시노어 놈들까지 꺾으면 금상첨화인데 말이지.

—덴커 녀석 요새 너무 죽 쑤는데, 민우랑 타순을 바꿔야

하는 거 아니야?

—맞아. 그 녀석, 테이블 세터가 열심히 차려주는 밥상 뒤집어 엎어버리는 거 더 이상 못 봐주겠어.

—도대체 채프먼은 무슨 생각인거야? 덴커 녀석이 저렇게 부진하고 있는데! 4번 타자는 덴커가 아니라 민우한테 어울린다고.

쾅!

"이 개새끼들이! 누가 누구보다 못하다고?"

자신의 방에서 노트북으로 마이너리그 홈페이지를 확인하던 덴커가 분을 못 이기며 주먹으로 책상을 내려치고는 씩씩대기 시작했다.

"이 머저리들이! 내가, 내가 작년에 얼마나 활약을 했는지 벌써 잊어버린 거냐?"

모니터에 떠 있는 리플들을 바라보던 덴커가 악에 찬 목소리로 소리를 질러댔다.

쾅쾅쾅!

그래도 분이 풀리지 않는지 덴커가 책상을 마구 내려치기 시작했다.

잠시 동안 씩씩거리던 덴커가 돌연 노트북의 키보드를 빠르게 두드리기 시작했다.

—강민우. 그 애송이 녀석이 뭐가 잘났다고 다들 칭찬이야. 내가 볼 때 그 녀석 분명 스테로이드 빨이야. 이건 분명해!

민우를 향한 악플을 달고 나서도 덴커의 얼굴은 쉽게 펴질 줄을 몰랐다.

—그게 무슨 말도 안 되는 소리야? 스테로이드 빤다고 아무나 다 잘하는 줄 알아? 너 덴커냐?

—크크크. 덴커네, 덴커. 여기서 악플 달지 말고 그럴 시간에 훈련이나 더 하라고. 멍청아.

—[속보]강민우, 아직도 훈련장에서 돌아오지 않아.

쾅!

덴커가 악플을 달고 얼마 지나지 않아 순식간에 덴커를 비하하는 리플이 우루루 올라오자 억누르던 화가 폭발해 버렸다.

"으아아아아!!"

탕탕!

"야! 덴커! 잠 좀 자자. 지금이 몇 신줄 알아? 왜 이렇게 미친놈처럼 소리를 지르고 그래!"

주먹으로 벽을 때리는 소리와 함께 날카롭게 선 목소리가 들려왔다.

덴커는 그 소리에 노트북을 쾅 하고 닫고는 침대로 들어가 버렸다.

'이 개자식. 분명 무슨 약을 하고 있을 거야. 분명해. 그렇지 않고서야 저렇게 날아다니는 건 말이 안 된다고!'

덴커는 자신이 여태껏 믿어왔던 우월성이 흔들린다는 것을 인정할 수 없었기에 점점 망상에 빠져들어 가고 있었다.

*　　　*　　　*

메버릭스와의 4연전 중 4차전.

"가자! 식스티 식서스!!"

"강민우! 오늘도 한 방 부탁한다!"

"메버릭스를 저 밑으로 떨궈 버리라고!!"

팬들은 어느새 민우에게 푹 빠진 듯 연신 민우의 이름을 연호했다.

그리고 민우는 그에 화답하듯 4타석에 들어서 1타점 2루타를 때려내고 볼넷 하나를 얻어내는 활약으로 또 한 번 팀의 연승을 이끌었다.

경기가 끝난 뒤, 애로우헤드 크레딧 유니온 파크의 한쪽에 자리한 팀 스토어에 민우의 저지가 들어왔다는 소식에 스토어는 팬들로 북적거렸다.

"어떡하니, 벌써 다 떨어졌다는데?"

"으아아앙!"

하지만 비치되어 있는 수량이 그리 많지 않았기에 순식간에 동이 나버렸고, 저지를 구하지 못한 어린 팬들의 울음소리가 여기저기서 울려 퍼졌다.

이러한 모습은 팀에 합류한 지 5경기 만에 강민우라는 이름 석 자를 팬들의 뇌리에 확실하게 도장을 찍었다는 증거이기도 했다.

* * *

식스티 식서스의 다음 일정은 레이크 엘시노어 스톰(Lake Elsinore Storm)과의 원정 4연전이었다.

레이크 엘시노어 스톰은 올 시즌 남부 리그 1위를 달리고 있는 강팀이었다.

레이크 엘시노어 스톰의 연고 도시인 엘시노어는 버스를 타고 한 시간 정도를 달리면 도착할 정도로 그리 멀지 않은 곳에 위치하고 있었다.

엘시노어는 캘리포니아 주립 공원으로 지정된 엘시노어 호수를 끼고 있어 조용하고 분위기 있는 곳이었다.

인구가 5만 명에 불과한 소도시이기에 유명한 유흥 거리는 없었지만 그 빈자리를 레이크 엘시노어 스톰이 채워주고 있었다.

그런 시민들의 야구 사랑에 보답하듯 올 시즌 레이크 엘시노어 스톰은 캘리포니아 남부 리그 1위 자리를 유지한 채 순항 중이기도 했다.

버스를 타고 떠나는 불편한 원정길이지만 가까운 거리이기에 선수들의 얼굴에는 약간의 피로감만이 담겨 있었다.

민우 역시 한국에서 버스를 타고 원정 경기를 다닌 경험이 있었기에 크게 어색함을 느끼지는 못했다.

"다들 기억하고 있겠지? 레이크 엘시노어를 꺾지 못하면 전반기 1위는 힘들다. 전반기 1위를 못한다면, 챔피언십 시리즈에 나가기 위한 험난한 길이 예정되어 있기도 하다. 그렇다면 우리에게 필요한 게 뭐지?"

버스가 경기장 입구로 들어설 즈음 자리에서 일어선 주장 해치가 선수들에게 동기부여를 하려는 듯 장황하게 말을 꺼냈다.

그 모습에 선수들이 일부 선수들이 피식피식 웃으며 가볍게 화답하기 시작했다.

"뭘 물어. 4전 전승이지."

"메버릭스처럼 레이크 엘시노어 놈들도 기를 펴지 못하게 만들어주자고!"

"오우!"

그 모습에 해치가 진지한 표정을 풀고 피식 웃음을 흘렸다.

"좋다! 마침 놈들의 본거지에 도착했다. 다들 장비 챙기고, 깔끔하게 쓸어버리자고!"

"가자가자!!"

"고고!"

끼이익!

어느새 경기장에 도착한 버스에서 선수들이 우르르 내려서는 각자의 짐을 챙겨 라커룸으로 빠르게 이동했다.

라커룸에서 다리를 덜덜거리는 셰릴을 스쳐 지나간 민우가 실베리오의 옆에 앉아 장비를 풀기 시작했다.

하지만 왠지 자꾸만 신경 쓰이는 기분에 손을 멈추곤 뒤를 바라봤다.

셰릴은 다리를 떠는 것으로도 모자라 이제 손톱까지 깨물고 있는 모습이었다.

"실베리오. 셰릴이 오늘 선발이지?"

"응, 그렇지. 왜?"

헬멧을 헝겊으로 문대며 광을 내고 있던 실베리오는 민우의 물음에 대답하며 민우를 잠시 쳐다보고는 시선을 돌려 셰릴을 바라봤다.

그러고는 왜 물어봤는지 알겠다는 듯 '아' 하는 표정을 지어 보였다.

"오늘은 더 심각하네."

"더 심각해?"

"응. 저번 경기까지는 그래도 저렇게 초조한 모습을 보이진 않았었는데… 민우 넌 저런 모습 처음 보지?"

"그렇지. 난 사실 셰릴이 던지는 모습도 제대로 못 봤으니까."

민우의 대답에 고개를 살짝 끄덕인 실베리오가 말을 이었다.

"뭐, 하긴. 아무튼 저럴 만도 한 게… 우리가 이번에 상대할 레이크 엘시노어 스톰이 남부 리그 1위 팀인 건 알지?"

"응, 그건 알지."

"그럼 그 1위의 원동력이 뭐라고 생각해?"

실베리오의 물음에 짧게 고민을 한 민우가 입을 열었다.

"투수진이 강력한가? 아니면 강타자가 즐비하다던가?"

민우의 어중간한 대답에 실베리오가 고개를 끄덕여 보였다.

"사실, 둘 다야."

"둘 다라고?"

민우가 물음을 던지며 놀란 눈빛을 보이자 실베리오가 이해한다는 듯한 표정을 지어 보였다.

"레이크 엘시노어는 지난 경기까지 팀 방어율이 3점 초반에 불과한데, 그걸 뒷받침하는 타자 라인업의 6명이 3할 타자야. 팀 타율이 3할이 넘지. 믿겨져?"

"그게 말이 되는 거야?"

"나도 믿기진 않지만… 이번 시즌 레이크 엘시노어는 역대급으로 무시무시하다고. 그런데 하필이면 셰릴이 선발이라는 게 문제라면 문제지."

"문제라니?"

민우의 물음에 잠시 주변을 살핀 실베리오가 한층 낮은 목소리로 민우의 물음에 답했다.

"셰릴에 대한 코치진의 신뢰가 한계에 다다랐거든. 27살이라는 나이만 보면 마이너리그에선 베테랑 축에 속하지만 올 시즌 5점대 방어율, 평균 소화 이닝 3.2이닝에 불과해. 민우 너라면 이런 투수의 가능성을 믿고 선발 자리를 보장해 줄 수 있겠어?"

설명을 듣고 나니 셰릴이 왜 저리 불안해하고 있는지 확실히 이해가 되는 민우였다.

"채프먼은 이번 경기를 셰릴을 시험하는 마지막 시험대로 사용할 생각인거야."

"마지막 시험대?"

"응. 만약 이번 경기에서 호투를 보여준다면 선발투수로서 생명을 연장하는 거고 아니라면 중간 계투로 밀려나든가… 최악의 경우엔 방출까지 가겠지."

민우는 실베리오의 설명에 무언가 이상하다는 듯한 표정을 지었다.

"그런데 그런 이유라면 선발 로테이션을 한 번 거르더라도 하위 팀을 상대로 던지게 해서 자신감부터 찾게 해야 하는 거 아니야?"

리그 탑 클래스의 투수진과 타자진을 보유한 명실상부 리그 최강팀을 상대해야 하는 수준 미달의 선발투수. 거기에 이번 경기로 자신의 거취가 결정된다면…….

이런 복합적인 상황에서 압박을 느끼지 않고 버텨낼 선수는 거의 없다고 볼 수 있었다.

실베리오는 민우의 물음에 고개를 끄덕거렸다.

"민우, 네 말도 맞아. 하지만 채프먼은 냉혹한 사람이야. 선수를 악조건으로 밀어 넣고 거기서 가능성을 찾거든. 지난 번 마틴의 경우처럼 말이지."

마틴은 민우의 첫 선발 경기에서 불펜 투수로 나섰던 방어율 6점대를 기록하고 있던 투수였다.

민우는 실베리오의 설명을 듣고 나서야 납득했다는 듯 고개를 끄덕거렸다.

"왠지 채프먼은 그럴 것 같긴 하다."

"그래도 지난 시즌에는 5선발로 그럭저럭 해냈는데 말이지. 이번 시즌은 첫 경기에 3이닝도 못 버티고 엄청 두드려 맞더니 그 이후부터인가… 이상하게 매 경기 무너지는데 이유를 모르겠단 말이지. 구위가 나쁜 것도 아니거든."

실베리오가 덧붙인 설명에 민우 역시 이해가 되지 않는 듯 신음성을 내뱉었다.

'이유가 뭘까. 구위가 나쁜 게 아니라면… 심리적으로 무언가 걸리는 게 있는 걸까?'

"뭐, 내가 볼 땐 자업자득이야. 덴커 녀석이랑 같이 다니면서 널 무시했던 걸 잊어버린 건 아니겠지?"

실베리오의 뒤이은 말에 민우가 고개를 끄덕거렸다.

"그거야 그렇긴 하지만."

'셰릴이 나에게 했던 행동들은 절대 옳은 건 아니지만. 무언가에 쫓기는 고통은 내가 제일 잘 아니까.'

민우는 셰릴의 고통을 그저 무시해야 할지 아니면 자비를 베풀어야 할지 갈등이 됐다.

혹시나 하는 마음에 덴커가 있는 쪽을 바라봤지만 덴커는 무엇이 마음에 들지 않는 지 연신 인상을 쓰고 있는 모습이었다.

'이걸 어쩐담……. 미운 건 미운 거지만 중심이 되어줘야 할 선발투수가 저러고 있는 걸 그냥 보고만 있을 수도 없고…….'

민우는 나름대로 셰릴의 승부욕을 자극할 만한 방법이 없을지 머리를 쥐어짜 보았지만 딱히 적절한 해결책이 떠오르지 않았다.

'내 몸 하나 챙기기도 정신이 없으니…….'

덜컥.

라커룸의 문이 열리며 투수 코치인 맷이 들어섰다.

"자자, 다들 언제까지 꾸물대고 있을 거냐. 다들 준비 됐으면 빨리 움직여라. 레이크 엘시노어 녀석들을 뭉개주려면 확실히 몸을 달궈놔야 하지 않겠냐."

"예!"

"가자고!"

"오늘에야말로 레이크 엘시노어 놈들의 콧대를 무너뜨려주겠어."

"오우!"

코치의 말에 대부분의 선수들이 투기 넘치는 목소리로 외쳐대기 시작했지만 셰릴은 그 사이에서 여전히 생기를 잃은 눈빛을 보이고 있었다.

민우는 그런 셰릴이 계속 신경이 쓰여 고민을 하다가 결국 그에게 다가갔다.

'에이 씨. 모르겠다.'

"이봐, 셰릴!"

민우의 부름에 고개를 들어 보인 셰릴의 표정은 멀리서 볼 때보다 더욱 어두워 보였다.

"네 녀석, 내가 일부러 네 녀석이 얻어맞은 공을 놓치고 그럴 거라고 생각하는 건 아니겠지?"

민우는 셰릴을 자극하는 방법을 택했다.

"나한테 도움을 받기 싫다면 최선을 다해서 던지라고. 혹시나 외야로 향하는 공이 있다면 물론 내가 다 잡아줄 테지만. 나중에 나한테 감사 인사 할 준비나 해라."

민우가 웃는 낯으로 주먹을 들어 보이자 셰릴은 잠시 그 주먹을 바라보다가 인상을 팍 쓰며 일어섰다.

"건방진 놈. 내가 너 따위 애송이 도움을 받을 것 같아? 걱정 붙들어 매시지. 흥."

셰릴은 언제 기가 죽어 있었냐는 듯 자리에서 일어나며 가슴을 펴고 있었다.

그 모습에 민우가 피식거린 뒤, 몸을 돌리며 한마디를 내뱉었다.

"훗, 두고 보면 알겠지."

민우는 그 말을 끝으로 빠르게 라커룸을 빠져나왔다.

'으아아아악!'

자신이 내뱉은 대사가 소년 만화의 한 장면과 오버랩되는 상상을 한 민우가 순간 몸을 부르르 떨었다.

'으으……. 이거 괜한 행동을 한 건 아니겠지…….'

설사 후회한들 이미 늦은 것을 알고 있기에 고개를 흔들어 고민을 털어낸 민우가 빠르게 그라운드로 향했다.

레이크 엘시노어 스톰의 홈구장은 6천 명의 인원을 수용할 수 있는 구장으로 구장의 좌우가 비대칭의 형태를 띠고 있었다.

'아직 이른 시간인데도 관중들이 꽤 들어왔네.'

민우는 그라운드에 나서 관중석을 잠시 바라본 뒤 경기장의 구조를 천천히 둘러보기 시작했다.

'음? 왼쪽 펜스는 330피트(101m)인데 오른쪽 펜스는 310피트(94m)밖에 안 되네? 당겨 치는 타격을 해야 하나?'

"우측 펜스가 더 짧으니까 당겨 치는 게 좋다고 생각하고 있겠지. 안 그런가?"

어느새 민우의 옆으로 다가왔는지 타격 코치인 브렌트가 웃으며 말을 걸었다.

민우는 브렌트의 말에 속마음을 엿보인 것처럼 깜짝 놀라고 말았다.

"아니… 그걸 어떻게 아셨습니까?"

"레이크 엘시노어 다이아몬드에 처음 발을 들이는 선수들이 흔히 하는 착각이기 때문이지."

브렌트는 '역시나' 하는 표정을 지으며 천천히 설명을 이어갔다.

"우측 펜스가 310피트(94m)밖에 안 되니 펜스를 넘기기 쉽다고 착각할 수도 있다만, 펜스 위에 달려 있는 광고판들을 생각하면 이야기가 달라진다."

민우는 브렌트의 설명을 들으며 광고판으로 시선을 돌린 뒤에야 이해했다는 표정을 지었다.

"아! 광고판의 높이가 짧은 펜스 거리의 이점을 없애는 거군요."

"그래, 맞다. 저 광고판의 높이가 30피트(9m)쯤 되니까. 오히려 좌측 펜스로 넘기는 것이 더 수월하지.”

민우가 우측과 좌측 펜스를 번갈아 보더니 고개를 끄덕거렸다.

그 모습에 브렌트가 웃는 낯을 보이더니 앞으로 걸어갔다.

“경기에 임하기 전에 경기장을 분석하고 전략을 짜는 것도 선수가 해야 할 일들 중 하나라는 것을 기억해 두도록 해라. 자, 훈련을 시작하자.”

“옙.”

민우는 브렌트가 가르쳐 준 또 하나의 노하우를 머릿속에 새겨 넣고는 선수들이 모여 있는 곳으로 발걸음을 옮겼다.

* * *

레이크 엘시노어의 선발인 슈미트는 좌투수로 시즌 성적 5승 3패 방어율 2.97을 기록하고 있었다.

2미터의 큰 키에서 내리꽂는 97마일(156㎞)에 가까운 패스트볼은 타자들에게 상당한 위압감을 주고 있었다.

슈미트는 탁월한 신체 조건을 바탕으로 1회부터 식스티 식서스의 테이블 세터를 연속 삼진으로 돌려세우더니 3번 타자 레이븐마저 범타 처리하며 식스티 식서스의 공격을 깔끔하게 막아내는 모습을 보여주었다.

“저 녀석 커브의 낙폭이랄까. 보이는 궤적이 장난이 아니야.”

“패스트볼을 위에서 아래로 내리꽂아 버리니 커브의 위력이 더욱 배가되는 것 같아.”

앞서 연속으로 삼진을 당한 부스와 구티에레즈가 글러브를 챙기며 나누는 이야기에 민우가 동의한다는 듯 고개를 끄덕거렸다.

‘흠. 위에서 내리꽂는 패스트볼에 커브를 섞어 효과를 배가시킨다. 자신의 신체 조건을 이용할 줄 안다는 말이겠지.’

민우의 우려와 달리 세릴은 1회 말 레이크 엘시노어의 공격을 삼자범퇴로 깔끔하게 막아내는 모습을 보여주었다.

양 팀의 선발투수가 1회를 모두 깔끔하게 막아내며 경기가 빠르게 진행이 되는 듯 보였다.

그리고 2회 초, 식스티 식서스의 4번 덴커가 몸에 맞는 볼로 출루했지만 5번 해치가 유격수 앞 병살타를 치는 바람에 순식간에 2아웃에 주자 없는 상황이 되어버렸다.

그리고 6번 타자인 민우의 타석이 돌아왔다.

대기 타석에서 그 모습을 바라보던 민우는 슈미트의 투구 스타일을 정리하고 있었다.

‘초구부터 스트라이크를 꽂아 넣고 있어. 분명 자신의 공에 자신감이 넘치고 있다. 초구 스트라이크를 한번 노려보자.’

민우는 배터 박스에 들어서며 슈미트를 바라봤다.

슈미트의 표정은 전혀 변화가 없어 무슨 생각을 하고 있는

지 추측조차 되지 않았다.

'몸에 맞는 공을 던지고도 표정에 변화가 없고, 제구의 흔들림 없이 땅볼을 유도해 병살을 만들어내는 능력. 괜히 방어율이 2점대인 게 아니라는 거군.'

민우는 배트를 크게 한 번 휘둘러 근육을 풀어주고는 배터박스에 자세를 잡았다.

'위에서 아래로 내리꽂는 스타일이니, 높은 코스의 공은 스트라이크존으로 들어올 확률이 높고, 반대로 낮은 코스의 공은 의외로 빠져나가는 코스가 많을 거야.'

민우가 머릿속을 정리하고 자리를 잡자 심판의 플레이 사인이 떨어지며 경기가 재개되었다.

포수의 사인에 슈미트는 표정 변화 없이 고개를 끄덕인 뒤, 와인드업과 함께 힘차게 공을 뿌렸다.

슈우욱!

동시에 민우의 허리도 빠르게 발동을 걸기 시작했다.

그때, 슈미트의 공이 살짝 떠오르는 듯한 모습이 민우의 눈에 들어왔다.

'커브?'

지금껏 초구를 패스트볼만을 꽂아 넣던 슈미트가 민우를 상대로 커브볼을 선택한 것이었다.

'윽.'

패스트볼 타이밍에 배트를 내밀고 있던 민우는 허리 회전을 늦추며 손목을 이용해 배트의 회전을 최대한 늦추려 했지만 예상보다 낮은 코스로 뚝 떨어지는 공에 타이밍을 완벽히 맞출 수 없었다.

툭!

민우의 배트 끝에 맞은 공이 데굴데굴 굴러 마운드로 향했고 슈미트는 그 공을 가볍게 잡아 1루를 향해 던져 남은 아웃 카운트 하나를 마저 채워 버렸다.

민우는 1루를 향해 미처 몇 걸음을 떼지 못하고 허망하게 돌아설 수밖에 없었다.

'후, 너무 쉽게 생각했어. 숨김 동작이 좋아서 그립을 제대로 확인하지 못했어……. 차라리 그대로 헛스윙을 하는 게 나았을 거야.'

민우는 후회와 함께 마운드를 내려오는 슈미트를 바라봤다.

'내가 초구부터 노리고 있던 걸 알고 있었을까?'

의문과 함께 슈미트의 얼굴을 바라봤지만 그의 표정에선 아무런 감정도 읽을 수가 없었다.

1회를 삼자범퇴로 깔끔하게 마무리 지었던 셰릴은 2회 말이 되자 4번 타자 블랭크스에게 안타를, 5번 타자 던컨에게 2루타를 맞으며 순식간에 무사 2, 3루의 위기를 맞고 있었다.

레이크 엘시노어의 6번 타자인 로버트슨은 시즌 타율 0.335의

고타율을 기록하고 있는 교타자였다.

로버트슨은 셰릴의 제구가 흔들리며 실투성 투구를 하는 것을 눈여겨보고 기회를 노리고 있었다.

셰릴은 연속 안타를 맞으며 꽤나 긴장한 듯, 선선한 날씨임에도 땀을 조금씩 흘리고 있었다.

1구를 크게 빠지는 볼을 보여준 셰릴이 심호흡을 하고 2구를 뿌렸다.

슈우욱!

포심 패스트볼인 듯 올곧은 궤적을 보이던 공은 로버트슨의 허리 높이로 바깥쪽에서 공 하나 정도 안으로 쏠린 스트라이크존을 향하고 있었다.

'실투!'

셰릴이 뿌린 공은 로버트슨의 눈에는 너무나도 유혹적인 공이었고, 로버트슨은 본능에 따라 빠르게 배트를 내밀었다.

따악!

공을 뿌린 뒤 예상보다 궤적이 안쪽으로 쏠리는 공에 셰릴의 눈빛이 흔들렸다. 이윽고 로버트슨의 배트가 따라 나오는 것을 보고는 표정이 일그러졌다.

"헉!"

이내 강렬한 타격음이 그라운드를 울림과 동시에 타구가 하늘 높이 뻗어나가자, 셰릴은 거친 숨을 내뱉으며 타구를 쫓아 빠르게 고개를 돌렸다.

—제2구 타격이 큽니다! 로버트슨의 타구가 중견수 방면으로 쭉쭉 뻗어갑니다! 넘어가나요!

타구는 하늘 높은 줄 모르고 치솟으며 민우가 수비를 담당하고 있는 센터 방면으로 빠르게 뻗어 날아가고 있었다.

타다닥!

동시에 민우가 재빨리 펜스를 정면으로 바라보며 내달리기 시작했다.

'놓치지 않는다!'

빠르게 달리는 통에 흔들리는 민우의 시야에는 공을 잡는 것이 불가능하다고 말해주듯 붉은색 화살표가 강렬한 빛을 내뿜고 있었다.

하지만 민우가 전력으로 달리기 시작하자 조금씩 그 빛이 연해지고 있었다.

'잡을 수…….'

민우는 혹시라도 타구를 시야에서 놓칠까 예의 주시함과 동시에 이를 악물고 다리를 더욱 빠르게 움직이기 시작했다.

타다다닷!

화살표는 민우의 발이 빠르게 움직일 때마다 진한 주황색에서 노란색으로 서서히 변해가고 있었다.

발밑으로 느껴지는 느낌에 워닝 트랙에 도달했음을 직감하고 타구를 바라보니 아슬아슬하게 펜스를 넘어갈 듯 보였다.

민우는 힘껏 발을 디딘 뒤 공중으로 뛰어오르며 팔을 쭉 뻗었다.

'있어!'

민우의 눈에 타구가 천천히 떨어져 내리며 글러브에 아슬아슬하게 들어오는 것이 보였다.

팍!

쿵!

동시에 공이 튀어나가지 않도록 글러브를 힘껏 말아 쥔 민우가 펜스에 등을 부딪친 뒤, 바닥으로 떨어져 내렸다.

타탁!

'크으, 아프다.'

등 뒤로 느껴지는 고통에 인상을 찌푸리던 것도 잠시.

"와아아아아!!"

"우우우!!"

민우의 허슬 플레이에 원정 응원을 온 수백의 식스티 식서스의 팬이 경기장이 떠나갈 듯 함성을 질렀다.

그리고 압도적으로 많은 수의 홈 팬은 그보다 더 큰 소리로 야유를 보내고 있었다.

만약 외야 좌석이 있는 경기장이었다면 엄청난 야유를 직접적으로 접했을 지도 모를 일이었다.

—높이 뜬공! 강민우가 따라가는데요! 잡았습니다!! 살짝 뛰어오르면서 볼을 잡아내는 멋진 수비! 아주 좋은 외야 수비가 나왔습니다!

'3루는 힘들어. 2루 주자만 묶자.'

펜스에 부딪치며 중심을 잃었기에 3루 주자를 잡아내기엔 늦었다고 판단한 민우가 빠르게 유격수에게 공을 뿌렸다.

민우의 재빠른 송구에 태그 업 플레이를 시도하려던 2루 주자는 몇 걸음 가지 못한 채 다시 2루로 돌아올 수밖에 없었다.

공을 뿌린 민우는 셰릴이 자신에게 시선을 돌리자 손가락 하나를 들어 보였다.

'원 아웃!'

그 모습에 셰릴이 묘한 표정을 지은 뒤 홈 플레이트 쪽으로 몸을 돌리는 모습을 보였다.

'쳇. 잡아줬으니 고맙다는 표시 정도는 하라고, 셰릴.'

민우는 그 모습에 펜스에 부딪힌 자신의 플레이를 후회하려다가 이내 고개를 저었다.

'에이, 괜히 애매한 플레이를 했다가 채프먼한테 찍히는 것보다야 낫지. 긍정적으로 생각하자. 긍정적으로.'

민우의 허슬 플레이 덕분인지 셰릴은 이후 7, 8번 타자를 모두 유격수 앞 땅볼로 잡아냈고, 최종적으로 단 1점만을 내어주며 이닝을 마무리 지었다.

이후 셰릴은 4회 말, 안타 2개와 볼넷 하나를 내어주며 2사 만루 위기에 몰렸지만 외야로 향하는 큼지막한 타구를 민우가 멋지게 몸을 날려 잡아내면서 다시 한 번 한숨을 돌릴 수 있었다.

5회 초, 스코어 1 대 0으로 레이크 엘시노어가 리드를 하고 있는 상황.

딱!

이닝이 시작되자마자 선두 타자인 해치가 초구를 노려 때려낸 타구가 투수 옆을 스치는 안타가 되며 2회 이후, 오랜만에 식스티 식서스에게 기회가 찾아왔다.

무사 1루 상황, 타석에는 앞선 타석에서 허무한 땅볼로 물러났던 6번 타자인 민우가 들어서고 있었다.

"강! 믿을 건 너밖에 없다!"

"홈런! 홈런! 홈런!"

원정 응원을 온 일부 팬들이 민우를 향해 응원을 보냈지만 그보다 더 많은 이의 야유가 민우를 향하고 있었다.

"우우우!"

"애송이! 빨리 더그아웃으로 돌아가!"

"슈미트! 이번에도 공 하나로 끝내 버리라고!"

개중에는 민우를 향해 자신의 눈을 양손으로 잡아당기며

비하 행위를 하는 이들도 있었다.

홈경기에서 항상 자신을 응원하는 함성 소리로 가득했던 것에 비해 힘이 빠지는 광경이었다.

'이래서 선수들이 원정 경기에서 제 실력을 발휘하지 못하는 거겠지.'

배터 박스로 향하며 그 모습들을 지켜보던 민우는 마치 그들의 시선을 모두 털어버리려는 듯 배트를 허공에 강하게 휘둘렀다.

부웅!

'후, 야유에 휘둘리지 말자 민우야. 내 상대는 단 한 명, 투수다.'

민우는 천천히 배터 박스 앞쪽에 자리를 잡으며 슈미트를 바라봤다.

슈미트는 첫 타석과 변함없이 무표정한 얼굴로 민우를 바라봤다.

'무슨 생각을 하고 있는지 도통 알 수가 없어. 하지만… 한 방 맞고도 그런 얼굴을 할 수 있는지 한 번 보자고.'

민우가 배트를 꽉 쥐고 타격 자세를 취하자 슈미트가 1루 주자를 바라본 뒤 천천히 다리를 들어 올렸다.

슈욱!

팡!

"아웃!"

순식간에 벌어진 일이었다.

1루 베이스를 향해 손을 뻗으며 엎어져 있던 해치는 민망한 것인지, 분한 것인지 모를 표정으로 고개를 숙인 채 일어나지 못하고 있었다.

—1루! 아! 잡혔습니다! 빠르게 귀루를 시도했지만 실패했습니다.

—아, 중심이 2루를 향하는 순간에 뿌려진 견제구에 미끄러지면서 빠르게 복귀를 하지 못하며 아웃되고 맙니다. 식스티식서스의 불운입니다.

—해치 선수가 계속해서 웃는 낯을 보였는데, 너무 방심한 것 같아요. 식서스 더그아웃의 분위기가 찬물을 끼얹은 듯 가라앉습니다.

어이없는 견제사.

노아웃 주자 1루 상황에서 순식간에 1아웃 주자 없는 상황으로 바뀌어 버렸다.

타석에 있던 민우도 안타까움에 인상을 쓰고 말았다.

'해치가 의욕이 너무 앞섰어.'

모처럼 만에 찾아온 득점 기회여서일까.

해치는 언제라도 뛸 것처럼 몸을 좌우로 흔들거리며 발을 푸는 모습을 보이고 있었다.

그 잠깐의 틈을 놓치지 않은 슈미트가 견제구를 던졌고, 순간적으로 몸의 중심을 잃은 해치가 미끄러지면서 찰나의 틈을 보이고 만 것이다.

식스티 식서스 더그아웃의 분위기가 순식간에 가라앉았다.

채프먼은 인상을 쓴 채 해치를 노려보고 있었고, 브렌트도 어이가 없는 지 '허허' 하며 웃음을 보이고 있었다.

뒤늦게 유니폼에 묻은 흙을 털며 더그아웃으로 향하는 해치는 애써 무표정을 유지하려 했지만 민우의 눈에는 시무룩해하는 것이 확연히 느껴졌다.

잠시 중지되었던 경기가 재개되었다.

슈미트는 눈앞에서 알짱대던 해치가 없어지자 다리를 가슴높이까지 올리며 크게 키킹을 한 뒤 공을 뿌렸다.

슈욱!

팡!

"스트라이크!"

'와……. 제구가 진짜 칼이네, 칼.'

초구는 바깥쪽 낮은 코스를 통과하는 포심 패스트볼이었다.

공 반개만 빠져나갔더라도 볼로 판정이 됐을 거라는 생각이 들 정도로 완벽한 투구였다.

슈욱!

"볼!"

슈욱!

"스트라이크!"

슈욱!

"볼!"

'위에서 내리꽂으니까 낮은 공을 건드리기도 애매하다.'

계속해서 스트라이크존의 낮은 코스에서 깐죽거리는 듯한 슈미트의 투구에 민우의 배트가 계속해서 움찔거렸다.

이번엔 때려볼까 하고 노릴라치면 귀신처럼 알고 낮게 떨어지는 커브를 던지는 슈미트였다.

하지만 떨어지는 공을 건드려서 제대로 된 타구가 나오지 않는다는 것을 잘 알고 있었기에 최선을 다해 배트를 제어하고 있었다.

2볼 2스트라이크의 상황.

공 하나로 판가름이 날 수도 있는 볼카운트.

민우의 눈이 공을 뿌릴 슈미트의 손이 들어 있는 글러브가 꿈틀대는 것을 뚫어져라 바라보고 있었다.

'커브? 패스트볼? 뭘까?'

슈미트가 어떤 공을 던질지 쉽사리 예측이 되지 않아 머릿속이 복잡해졌다.

슈미트는 오늘 식스티 식서스의 타자들을 상대하며 커브를 가장 많이 던졌지만 결정적인 상황에서 포심과 투심 패스트볼을 커브와 함께 섞어 던지며 타자들을 현혹시키고 있었다.

"타임!"

민우가 슈미트의 흐름을 끊기 위해 한 손을 들며 타임을 외쳤고 주심이 양손을 들어 보이며 타임 요청을 수락했다.

빠르게 장갑을 매만진 뒤 배트를 강하게 움켜쥐어 보았다.

부웅!

부웅!

배트를 휘두르며 민우는 복잡해지려는 머릿속을 천천히 정리하기 시작했다.

'복잡하게 생각하면 머리만 아프다. 집중력이 떨어지면 결국 좋은 결과가 나올 확률은 더더욱 낮아질 거야. 이제 겨우 두 번째 타석이니까, 강력한 한 방보다는 정확히 맞추는데 주력하자. 녀석도 분명 틈이 있을 거야.'

생각을 정리하고 나니 마음이 한결 가벼워졌다.

민우가 홀가분한 표정으로 배터 박스에 다시 자리를 잡자 그 모습을 힐긋 본 포수의 표정이 묘하게 변했다.

그러더니 정해뒀던 볼 배합을 바꾸려는 듯 다리 사이로 손을 숨겨 열심히 움직이기 시작했다.

'이 녀석은 패스트볼에 강점이 있으니 패스트볼보다는 커브가 나을 거야. 높은 곳에서 떨어지는 커브볼로 녀석의 허를 찔러보자.'

무표정한 얼굴로 포수의 사인을 바라보던 슈미트가 고개를 끄덕였다.

이윽고 슈미트가 와인드업 자세를 취한 뒤 빠르게 공을 뿌렸다.

슈우욱!

그와 동시에 민우 역시 허리 근육에 자극을 주며 시동을 걸기 시작했다.

슈미트가 뿌린 공은 지금까지 뿌렸던 공보다 훨씬 높은 곳으로 솟아올랐다.

'커브! 각이 높아.'

패스트볼이 아닌 것을 확인한 민우가 허리와 손목의 발동을 최대한 제어하며 타이밍을 맞추기 위해 노력했다.

'크읏!'

슈미트의 패스트볼이 워낙에 빨랐기에 그 타이밍에 맞추기 위해 평소보다 조금 빨리 튀어나온 배트를 조절하는 것이 꽤나 버거웠다.

딱!

약간 빗맞은 듯 거친 타격음과 함께 타구가 라인드라이브성 궤적을 그리며 우측 파울 라인을 타고 빠르게 날아갔다.

타타탓!

민우는 곧바로 배트를 손에서 놓아버리고 1루 베이스를 향해 달려가기 시작했다.

레이크 엘시노어의 1루수 딕스트라가 그런 민우의 타구를 잡기 위해 몸을 날렸지만 타구의 속도가 워낙에 빨랐다.

쑤악!

딕스트라의 귓가에 바람 소리를 남기며 아슬아슬하게 글러브를 피한 타구가 점점 우측으로 휘기 시작했다.

그사이 민우는 뻗어가는 타구를 간절한 눈빛으로 바라보며 1루를 돌아 2루를 향하고 있었다.

'안으로 떨어져라. 안으로!'

그런 민우의 바람을 들었을까.

타구는 아슬아슬하게 외야 파울 라인에 걸치며 바운드되어 펜스를 넘어가 버렸다.

타구를 쫓아 달리던 레이크 엘시노어의 우익수가 그 모습을 보고는 1루심을 바라봤고 1루심은 손가락을 들어 '2루타' 판정을 내렸다.

—오우, 파울 라인에 아슬아슬하게 걸치며 바운드된 타구가 펜스를 넘어갑니다.

—그라운드 룰 더블(Ground rule double)이네요. 강민우 선수는 2루에서 멈춰 섭니다.

자신이 때려낸 타구가 펜스를 넘어가는 것을 본 민우는 선 채로 천천히 2루 베이스를 밟았다.

보호 장구를 풀어 2루 베이스로 다가온 코치에게 넘겨준 민우가 조금 전의 타석을 복기했다.

'패스트볼은 97마일(156㎞)인데 비해 커브는 70마일 중반(약 120㎞)에서 뿌리니 타이밍을 조절하려 해도 쉽지가 않아.'

두 구종의 구속이 거의 25마일 가까이 차이가 나니 타이밍을 맞추는 것이 여간 쉬운 것이 아니었다.

아무리 강력한 패스트볼을 가졌다고 해도 그 패스트볼을 뒷받침해 줄 브레이킹 볼이 없다면 타자의 타이밍을 흔들 수 없기 때문에 통타당하기 쉬웠다.

슈미트는 패스트볼을 뒷받침해 줄 위력적인 브레이킹 볼을 가지고 있었기에 상대하기가 꽤나 껄끄러웠다.

민우는 능력치를 바탕으로 한 동체 시력으로 어지간한 패스트볼에 대한 대응 능력은 뛰어나다고 할 수 있었지만 25마일 이상 차이가 나는 커브볼을 상대하는 것은 처음이나 마찬가지였기에 큰 어려움을 느낀 것이다.

'그래도 운이 좋았어. 바람이 날 도왔다.'

민우는 좌중간 펜스 위에 솟은 세 개의 게양대를 바라봤다.

게양대에 걸린 미국 국기와 팀 깃발이 좌측을 향해 빠르게 춤을 추고 있었다.

바람이 우측에서 좌측을 향해 불고 있다는 뜻이었다.

만약 바람이 반대로 좌측에서 우측을 향해 불었다면 라인에 걸쳤던 민우의 타구가 파울이 되었을지도 모를 일이었다.

'하지만 운에만 의존할 수는 없지. 대응책을 세워야 해.'

고민을 거듭하던 민우는 배터 박스에 7번 타자인 실베리오가 들어서는 것을 보며 생각을 빠르게 갈무리했다.

'일단은 경기에 집중하자. 생각은 나중에도 할 수 있으니까.'

민우는 슈미트를 바라보며 리드 폭을 적당히 가져갔다.

'그러고 보니 시즌 퀘스트에 도루 미션이 있었지?'

민우는 브렌트와의 첫 훈련에서 발동됐던 퀘스트를 떠올렸다.

'도루가 5개, 10개, 15개 순이었지. 기왕이면 15개가 좋잖아. 한 번쯤 뛸 때도 됐고.'

현재 상황은 1사 2루. 모처럼 만에 찾아온 득점 기회이기에 까딱 잘못해 도루에 실패하기라도 한다면 루를 잃고 2아웃이 될 수도 있었다.

팀이 1 대 0으로 뒤지고 있는 상황.

타석에 들어선 실베리오의 안타 하나면 홈까지 파고들 확률이 높기 때문에 냉정하게 판단하면 위험을 무릅쓰고 루를 훔치지 않는 것이 옳았다.

하지만 왠지 모를 호승심이 일었다.

만약 3루 도루에 성공한다면 빗맞은 타구나 외야 플라이만 나와준다고 해도 바로 태그 업 플레이로 득점을 할 수 있기 때문이었다.

'겸사겸사 해치가 견제사 당한 것에 대한 복수도 해주고 말이지.'

이윽고 결정을 내린 민우가 베이스에서 8피트(2.4m)정도 떨어진 채 몸을 살짝 숙이며 좌우로 흔들거렸다.

그와 동시에 유격수와 2루수의 움직임을 계속해서 곁눈질하기 시작했다.

유격수와 2루수의 위치는 2루 베이스에서 적당히 떨어져 있었다.

'견제가 들어온다고 해도 복귀하는 데는 문제가 없고. 이제 슈미트가 무슨 공을 뿌리느냐가 문제인데.'

90마일 중반의 패스트볼과 70마일 중반의 커브볼 중에 도루하기 좋은 공을 고르라면 누구나 느린 커브를 고를 것이다.

도루를 시도할 때, 투수가 공을 던진 뒤에 뛰어서는 열에 아홉은 아웃을 당할 수밖에 없다.

투수가 투구 동작에 들어감과 동시에 주자는 달리기 시작해야 도루 성공률이 대폭 올라간다.

'일단은 지켜보면서 타이밍을 재보자.'

민우는 혹여나 들어올 슈미트의 견제에 언제라도 몸을 2루로 날릴 수 있도록 무게중심을 왼쪽으로 가져갔다.

그런 민우의 모습을 힐긋 쳐다본 슈미트가 빠르게 공을 뿌리기 시작했다.

슈욱!

팡!

"스트라이크!"

초구는 바깥쪽 낮은 코스의 패스트볼.

슈욱!

팡!

"볼!"

2구는 바깥쪽으로 흘러나가는 커브.

슈욱!

딱!

실베리오가 타격한 제3구는 빠른 패스트볼이었고, 뒷 그물을 때리는 파울이 되었다.

볼카운트는 1볼 2스트라이크.

민우의 표정이 묘하게 변해갔다.

'이거, 왠지 뛰라고 자리 만들어주는 느낌인데?'

잠시 시선을 좌측 펜스로 돌리니 게양대에 걸려 있던 깃발들의 방향이 살짝 틀어져 있었다.

'바람의 방향이 바뀌었어.'

민우가 다시 한 번 수비수들의 위치를 확인했다.

유격수와 2루수 모두 아주 멀찍이서 수비를 하기 위해 자리를 잡고 있었다.

민우는 티가 나지 않게 아주 조금씩 리드 폭을 넓히기 시작했다.

9피트… 10피트…….

잠시 2루를 향해 고개를 돌린 슈미트가 다시 홈 플레이트를 바라보며 세트 포지션 동작을 취하는 순간.

타타타탓!

민우가 잽싸게 3루를 향해 달려 나가기 시작했다.

바람이 등 뒤를 밀어주는 느낌과 함께 귓가에 쌔액거리는 바람을 가르는 소리가 들려왔다.

슈미트가 뿌린 공은 낮은 코스로 빠지는 75마일짜리 커브볼이었다.

슈웅!

팡!

"볼!"

—바깥쪽! 볼입니다! 그리고 3루에서!

민우가 3루를 향해 뛰는 것을 확인한 포수는 포구를 하자마자 잽싸게 미트에서 공을 빼들어 3루를 향해 강하게 뿌렸다.

슈웅!

그와 동시에 3루에 거의 다다른 민우가 몸을 날리며 슬라이딩을 시도했다.

동시에 3루수가 글러브를 든 팔을 쭉 뻗어 포수가 뿌린 송구를 잡으려 했다.

그런데.

틱!

포수가 뿌린 송구가 제대로 제구가 되지 않은 채 높게 날아오는 바람에 3루수의 글러브의 윗부분을 살짝 맞고 튕겨 나갔다.

―아! 볼이 뒤로 크게 빠집니다! 3루수가 빠르게 쫓습니다! 그사이 강민우가 홈을 향해 내달립니다!

베이스에 발을 걸치며 달려온 탄력으로 몸을 일으킨 민우는 3루수가 공을 쫓아 달리는 것을 발견하고 곧바로 홈을 향해 다시 한 번 내달리기 시작했다.

타타탓!

배터 박스에서 한 발 물러서 있던 실베리오가 양팔을 벌려 아래로 내리며 슬라이딩을 하라는 몸짓을 했다.

촤아악!

팡!

민우가 몸을 날리고 나서 뒤이어 송구가 날아왔지만 이미 민우는 홈 플레이트를 터치한 상황이었다.

빠르게 일어난 민우를 향해 실베리오가 손을 내밀었고 민우가 웃는 낯으로 그 손을 마주쳤다.

―홈까지 들어오며 한 점을 보태 동률의 스코어를 만들어

내는 식스티 식서스입니다. 스코어 1 대 1.

—아, 지금 실책이 나왔는데 상당히 아쉽습니다. 3루수가 잽싸게 베이스 커버를 들어왔지만 포수의 성급한 송구가 나오고 말았네요.

—그러면서 공이 외야를 향해 흘러나갔고 2루에서 출발한 강민우가 홈까지 들어옵니다.

도루에 실책으로 실점을 내주자 경기장의 분위기가 완전히 뒤바뀌어 버렸다.

원정 응원을 온 수백의 팬은 자리에서 일어나 손을 흔들며 함성을 내지르고 있었다.

"킹 캉! 킹 캉!"

"역시 믿을 건 강, 너뿐이다!"

반면 수천의 홈 팬은 망연자실한 표정으로 멍하니 그라운드의 선수들을 바라볼 뿐이었다.

더그아웃에 들어서 의자에 앉아 숨을 돌린 민우는 사방에서 쏟아지는 시선을 느끼고는 고개를 들어 주변을 둘러봤다.

더그아웃의 선수들은 하나같이 묘한 표정으로 민우를 바라보고 있었는데, 그 표정은 마치 '못하는 게 뭐냐'고 묻는 듯했다.

탁!

탁!

민우의 양어깨에 손 두 개가 척 하고 올라왔다.

고개를 돌려보니 왼쪽에는 해치, 오른쪽에는 델모니코가 자리를 떡하니 잡고 있었다.

"민우! 너 임마 발 빠른 건 알았지만 3루를 훔칠 거라고는 생각도 못했네. 깜짝 놀랐다고."

"와, 진짜. 너 진짜 괴물 아니냐? 정상인이면 똑딱이던가, 거포라던가… 뭐가 됐던 하나만 해야 되는 거 아니야?"

해치와 델모니코는 마치 못 볼 것을 본 것처럼 과장되게 혐오스러운 표정을 짓고 있었다.

민우는 칭찬 아닌 칭찬의 말에 능청스러운 웃음을 보였다.

"둘 다 칭찬이지? 정말 고맙다! 기대에 보답하도록 앞으로 더 멋진 모습을 보여줄게."

"허……."

"오, 신이시여……."

민우가 눈 하나 깜빡하지 않고 능글맞은 반응을 보이자 해치는 양손으로 얼굴을 가렸고, 델모니코는 고개를 절레절레 흔들었다.

딱!

"아웃!"

퍽!

"스트라이크 아웃!"

더그아웃에서 조그마한 소란이 이는 사이 실베리오가 유격수 앞 땅볼로, 갤러거가 삼진을 당하며 5회 초 식스티 식서스의 공격이 마무리되었다.

5회 말, 셰릴은 또 한 번의 위기를 맞고 있었다.

레이크 엘시노어의 1번 타자 컴벌랜드에게 큼지막한 3루타를 통타당한 뒤, 제구가 흔들리며 2번 피구에로아에게 볼넷을 내어주며 무사 1, 3루 상황이 만들어졌다.

4이닝 동안 던진 투구 수만 무려 80개에 육박했고, 그에 힘이 부친 듯 셰릴은 거친 숨을 내쉬며 뜨거운 육수를 줄줄 흘리고 있었다.

더그아웃에서 그 모습을 바라보고 있던 투수 코치 맷의 표정은 그리 좋지 않아 보였다.

'셰릴, 조금만 더 버텨라. 1이닝만 더 버티면 네 생명 줄이 늘어나는 거다.'

"아무래도 셰릴은 이번 이닝이 고비일 것 같습니다. 불펜을 가동시킬까요?"

맷의 물음에 채프먼이 무표정한 얼굴로 말없이 고개를 끄덕였다.

그 모습에 맷이 몸을 돌려 불펜으로 연결된 수화기를 집어 들었다.

타석에는 레이크 엘시노어의 3번 타자, 벨놈이 들어섰다.

셰릴이 1루와 3루 주자를 번갈아 곁눈질한 뒤, 세트 포지션으로 공을 뿌렸다.

슈욱!

그와 동시에 1루 주자가 빠르게 스타트를 끊어 2루를 향해 달리기 시작했다.

타타타탓!

팡!

“볼!”

셰릴이 뿌린 공은 스트라이크존을 한참 벗어난 위치로 들어왔고, 심판의 손을 올라가게 할 수 없었다.

포수 델모니코는 2루 주자가 2루에 서서 들어가는 모습을 보았지만 공을 뿌리는 시늉만 하며 3루 주자를 흘겨봤다.

2루에 공을 뿌렸다가 틈을 노린 3루 주자에게 홈스틸을 허용할 수 있었기 때문이었다.

“젠장.”

셰릴이 답답하다는 듯 거친 욕설을 내뱉자 타임을 요청한 델모니코가 마운드로 올라갔다.

“셰릴. 괜찮은 거야?”

델모니코의 물음에 셰릴이 인상을 찌푸리며 고개만 까딱거렸다.

"후, 셰릴. 마음을 조금만 추슬러. 지금까지 아주 잘하고 있어. 1점 정도는 더 내줘도 상관없으니까 네가 가장 자신 있는 공을 던지라고. 오케이?"

끝까지 셰릴을 다독이던 델모니코는 심판의 매서운 눈초리에 셰릴의 등을 토닥이고는 자리로 돌아갔다.

'무사에 주자는 2, 3루라. 대 위기구만.'

자신의 수비 위치에서 사태를 지켜보고 있던 민우가 고개를 절레절레 저었다.

'크게 띄울 수 있도록 만 해봐라. 셰릴. 공만 높이 뜬다면 나머지는 내가 어떻게든 해줄 테니까.'

민우는 늘어난 능력치의 영향으로 넓어진 수비 범위로 어떻게든 셰릴을 도울 수 있지 않을까 하는 생각이었다.

'뭔가 투수에게도 도움이 되는 스킬이나 버프가 생겼으면 좋겠는데… 너무 욕심이려나.'

잠시 상점을 떠올렸던 민우가 생각을 갈무리하고는 경기에 집중하기 시작했다.

슈욱!

"볼!"

슈욱!

"스트라이크!"

슈욱!

"볼!"

'젠장, 손에 힘이 빠졌어.'

스트라이크존에 걸치기 위해 던진 회심의 브레이킹 볼이 존을 크게 벗어나자 셰릴이 낙심한 표정을 지었다.

3볼 1스트라이크 상황.

공 하나가 더 빠진다면 무사 만루 상황이 될 것이고, 그렇게 된다면 더그아웃에서 셰릴을 강판시킬 것이 충분히 예상되는 상황이었다.

'볼넷보다는 차라리 안타가 나아. 자신감을 가지고 던져!'

델모니코의 눈빛은 마치 그렇게 말하는 것처럼 느껴졌고 셰릴의 흔들리는 마음을 어느 정도 다잡아 주었다.

'그래. 볼넷으로 내보내나 안타로 내보내나. 어차피 강판당하는 건 똑같아.'

결심을 세운 듯, 셰릴의 눈빛이 매서워졌다.

그런 셰릴의 눈빛에 델모니코가 포수 미트를 주먹으로 퍽 하고 때리며 앞으로 내밀었다.

고개를 끄덕인 셰릴이 세트 포지션으로 힘차게 공을 뿌렸다.

슈욱!

셰릴의 포심 패스트볼은 스트라이크존의 구석을 정확히 찔러 들어갔다.

딱!

스트라이크존으로 향하는 공에 벨놈의 배트가 매섭게 돌아갔다.

하지만 공의 밑면을 때리는 바람에 타구는 제자리에서 높게 떠오르고 말았다.

퍽!

"아웃!"

결과는 포수 플라이 아웃이었다.

"후!"

힘겹게 1아웃을 잡아낸 셰릴이 깊은 숨을 내뱉었다.

하지만 아직 위기가 끝난 것은 아니었다.

—벨놈을 포수 플라이로 잡아내며 아웃 카운트 하나를 채우는 식스티 식서스. 하지만 아직 끝나지 않았습니다.

—메이저리그에서 재활을 위해 내려온 블랭크스가 타석에 들어섭니다.

타석에 들어서고 있는 타자는 지난 시즌 메이저리그에서 2할 5푼의 타율에 홈런 10개를 날려낸 타자, 블랭크스였다.

블랭크스는 시즌 막판 부상을 당한 뒤, 재활을 위해 하이 싱글A에 내려와 있는 상태였다.

그는 앞선 두 타석에서 모두 안타를 때려내며 자신의 건재

함을 알리고 있었다.

타석에 들어서는 블랭크스를 본 셰릴은 심장이 덜컥 내려앉는 기분이었다.

'하필이면 이 거지같은 상황에 저 녀석이라니! 젠장! 제엔자앙!'

벨놈을 잡아낼 때의 솟아나던 자신감은 어디로 갔는지 셰릴은 도통 정신을 차릴 수가 없었다.

델모니코가 가랑이 사이로 손을 열심히 놀리고 있었지만 이제 다 끝이라는 생각에 사인이 눈에 들어오지 않았다.

긴장을 털어내기 위해 발을 풀며 주변을 둘러보니 수비수들의 시선이 모두 자신에게 향해 있는 것이 보였다.

그리고 순간, 셰릴의 시선과 민우의 시선이 마주쳤다.

민우는 순간 무슨 생각이 들었는지 과장되게 글러브를 쫙 펴 보이고는 주먹으로 팡팡 친 뒤 앞으로 내밀었다.

'이쪽으로만 보내면 내가 해결해 줄 테니까 힘내라고.'

그 모습에 셰릴은 왜인지 모르게 민우에게 믿음이 가기 시작했다.

'왠지 저 녀석이라면… 잡아줄 것 같아.'

쉼 없이 두근거리던 가슴이 언제 그랬냐는 듯 조용해졌다.

"후우."

다시 투수판을 밟은 셰릴이 홈 플레이트에 서 있는 블랭크스를 바라봤다.

그리고 세트 포지션으로 빠르게 공을 뿌렸다.

슈우욱!

따악!

벼락같이 돌아간 블랭크스의 배트가 셰릴의 타구를 높이 날려 버렸다.

그 타격음에 주저앉을 뻔했지만 셰릴의 눈은 타구를 끝까지 쫓고 있었다.

띠링!

[돌발 퀘스트 발동—One Shot Two Kill! (1/5)]

—외야 플라이를 잡아내십시오.

—홈 송구로 3루 주자의 득점을 저지하십시오.

—성공 시 영구적으로 수비 +1, 송구 +1. 50포인트 지급.

—실패 시 일주일 간 수비 —3, 송구 —3. 경기 종료 후 하루 동안 근육통 발생.

—본 퀘스트는 발생 횟수에 제한이 없습니다.

'떴다!'

블랭크스가 셰릴의 공을 때려내는 순간, 민우가 타구를 향해 잽싸게 스타트를 끊었다.

지금껏 보여줬던 것보다 더욱 빠른 주력으로 어느새 펜스 앞에 도달한 민우가 뒤로 두어 걸음을 물러섰다.

'자, 준비하시고……'

하나, 둘, 셋.

펜스 앞 워닝 트랙까지 물러섰던 민우가 빠르게 스텝을 밟으며 앞으로 나아갔다.

팍!

워닝 트랙의 몇 발자국 앞까지 도달한 타구가 힘을 잃고 민우의 글러브로 빨려들어 갔다.

동시에 3루 주자가 3루 베이스에서 홈 플레이트를 향해 내달리기 시작했다.

'쏩니다!'

"흐아압!"

뒤로 젖혀졌던 민우의 왼팔이 크게 휘어지며 손에 쥐고 있던 야구공을 홈 플레이트를 향해 쏘아냈다.

쑤아악!

민우의 손을 떠난 송구가 아주 낮은 포물선을 그리며 홈 플레이트를 향해 엄청난 속도로 뻗어가기 시작했다.

원정 응원을 온 식스티 식서스의 팬들은 간절한 눈빛으로, 관중석을 가득 채운 레이크 엘시노어의 팬들은 설마 하는 눈빛으로 송구를 좇았다.

—중견수 강민우가 워닝 트랙 앞에서 잡아냅니다! 3루 주자 홈으로! 들어옵니다! 홈에서~~

빠르게 스타트를 끊었던 3루 주자는 어느새 홈 플레이트를 향해 몸을 숙이고 있었다.

퍽!

그와 동시에 포수의 글러브에 민우의 송구가 꽂히며 비명을 질렀다.

그때, 3루 주자가 몸을 틀어 포수의 미트를 피하며 홈 플레이트를 터치하기 위해 손을 뻗었다.

뒤이어 공을 쥔 포수의 미트가 주자의 어깨를 때렸다.

모두가 숨을 죽이며 주심의 판정을 기다리는 순간.

주심의 손이 올라가며 희비가 엇갈렸다.

"아웃!"

"대~ 박!!"

"꺄아아아!!"

"또 보살이야! 벌써 시즌 2호 보살이라고!"

"수호신이 따로 있는 게 아니야. 민우가 우리 팀의 수호신이다!"

이제 5회가 끝났을 뿐이었지만 수백의 원정 팬은 경기를 이긴 것처럼 미친 듯이 소리를 지르고 난리를 피웠다.

반면 수천이나 되는 홈 팬은 하나같이 망연자실한 표정을 짓고 있을 뿐이었다.

—아웃! 아웃입니다! 아~ 강민우의 엄청난 어깨가 팀을 위기에서 구해냅니다! 와… 제 눈으로 직접 보고도 믿기지 않는 엄청난 송구였습니다.

—두 손을 번쩍 든 셰릴의 얼굴에 오랜만에 웃음이 보이는군요! 오늘 경기가 끝나고 강민우 선수에게 저녁이라도 사야 할 것 같습니다.

—콜린스 감독이 더그아웃에서 뛰쳐 나와 격하게 항의를 하지만 주심은 판정에 확신을 가진 듯 한 치의 흔들림도 보이지 않습니다.

—리플레이를 보니… 아! 주자의 손이 베이스를 터치하지 못한 게 확실하네요. 주심의 눈이 정확했습니다!

"좋아!"

공을 뿌린 뒤 멀찍이서 조마조마한 심정으로 판정을 주시하고 있던 민우도 주심의 제스처와 함께 팬들의 환호성이 들려오자 기쁨에 펄쩍펄쩍 뛰면서 더그아웃으로 달려 나갔다.

띠링!

[돌발 퀘스트 — One Shot Two Kill! (2/5) 결과]

—외야 플라이를 성공적으로 잡아냈습니다.

—빠르고 완벽한 홈 송구로 3루 주자의 득점을 저지했습니다.

—퀘스트 성공 보상으로 영구적으로 수비 +1, 송구 +1이 상승합니다. 50포인트가 지급됩니다.

—동일 퀘스트를 2연속으로 성공했습니다. 연속 성공 보상으로 추가적으로 50포인트가 지급됩니다.

'대박! 진짜 대박!'

속으로 만세를 부르며 더그아웃을 향하던 민우의 눈에 셰릴의 모습이 잡혔다.

셰릴은 복잡 미묘한 표정으로 민우를 향해 강렬한 눈빛을 보내고 있었다.

민우가 가까이 다가오자 머뭇거리던 셰릴이 천천히 입을 열었다.

"민우, 고맙다. 덕분에 살았어. 그리고… 미안했다."

말을 뱉으며 꾸벅 고개를 숙이는 셰릴의 모습에 민우가 코를 긁적거렸다.

'뭐, 이건 이거대로 나쁘지 않네.'

"난 내 위치에 충실했을 뿐이야. 사과는 받아주지. 앞으로 그런 치기 어린 행동은 하지 말라고. 내가 아닌 다른 녀석에게도 말이야."

민우가 진지한 표정으로 자신을 바라보자 셰릴이 옅은 미소를 보였다.

"그래, 명심하지."

그 모습에 민우가 피식 웃으며 셰릴의 등을 두드리며 더그아웃으로 밀어 넣었다.

"자자, 아직 경기 끝난 거 아니니까 팔 식지 않게 점퍼부터 입어. 다음 이닝에도 던질 거지?"

셰릴은 말없이 더그아웃으로 들어가 점퍼를 주워 입으며 대답을 대신했다.

셰릴의 상태를 살피기 위해 다가오던 맷은 셰릴이 점퍼를 입은 채 홀가분한 표정을 짓고 있는 모습을 발견하고는 걸음을 멈췄다.

'흠, 민우 녀석 덕분인가. 얼굴이 확 펴졌어. 이번 이닝이 마지막이라고 생각했는데 아직 1이닝은 더 던질 수 있을 것 같군.'

직전 이닝까지 셰릴의 얼굴에 가득하던 근심과 불안, 초조함 등의 감정이 지금은 전혀 보이지 않고 있었다.

'이번 일을 계기로 더욱 성장했으면 좋겠군.'

생각을 마친 맷이 셰릴에게 천천히 다가갔다.

"셰릴, 다음 이닝도 맡겨도 되겠나?"

"예, 더 던질 수 있습니다. 맡겨주십시오."

"알았네. 다음 이닝도 부탁하지."

셰릴의 자신 있는 목소리에 확신을 얻은 맷이 고개를 끄덕이며 몸을 돌렸다.

셰릴은 이후 6회 선두 타자를 유격수 땅볼로 잡아낸 뒤 6번 로버트슨에게 안타 하나를 내어줬다. 하지만 후속 두 타자를 모두 중견수 플라이로 잡아내며 깔끔하게 이닝을 마무리 지었고, 7회 마운드를 라이언에게 넘겼다.

셰릴은 비록 승리 투수는 되지 못했지만 6이닝 동안 단 1실점을 내주는 결과로 자신의 임무를 완벽하게 마쳤다.

이후 8회 초, 선두 타자로 나섰던 민우가 큼직한 타구를 날렸지만 펜스 바로 앞에서 아슬아슬하게 잡히고 말았다. 뒤이어 7번 실베리오가 안타를 치고 나갔지만 8번 갤러거가 좌익수 플라이로, 9번 델모니코가 2루수 앞 땅볼로 물러나며 점수를 올리지 못했다.

그리고 9회 초, 식스티 식서스에 다시 한 번 기회가 찾아왔다.

레이크 엘시노어가 8이닝을 책임진 슈미트를 내리고 좌완 투수인 머스그레이브를 올리자 마치 기다렸다는 듯 식스티 식서스의 테이블 세터진이 연속 안타를 때리며 무사 1, 2루가 되었고, 1 대 1의 균형을 깨뜨릴 절호의 기회가 온 것이다.

하지만 3번 레이븐이 허무하게 삼진을 당하며 흐름이 잠시 끊기며 1사 1, 2루가 되었고 타석에는 4번 타자인 덴커가 들어서고 있었다.

'젠장, 왜 이렇게 되는 일이 없는 거야. 왜 내가 안타를 하나도 때리지 못하는 거냐고!'

덴커는 2회 초 몸에 맞는 볼로 출루한 것을 제외하고는 삼진 하나와 땅볼 하나를 헌납하며 여전히 무기력한 모습을 보이고 있었다.

오늘 경기의 성적은 3타석 2타수 무안타. 타율은 점점 멘도사 라인을 향해 달리고 있었다.

성적의 압박에 민우의 활약에 대한 질투심이 더해지자 항상 여유 있고 거만하던 덴커의 성격은 어느 샌가 날카롭고 예민하게 변하고 있었다.

그런 성격의 변화는 타석에서 두드러지게 드러나고 있었는데, 타격 시 몸의 중심이 무너지고, 배트 스피드가 떨어져 투구에 제대로 대응하지 못하는 등의 모습으로 드러나고 있었다.

그런 덴커의 하락세에 마지막 기대마저 접은 듯, 채프먼은 무심한 얼굴로 덴커를 바라보고 있을 뿐이었다.

* * *

슈욱!

부웅!

팡!

"스트라이크!"

스트라이크가 하나 더 추가되며 볼카운트는 순식간에 2볼 2스트라이크가 되었다.

머스그레이브의 빠른 패스트볼에 덴커가 배트를 크게 휘둘렀지만 공과의 거리는 크게 멀어 보였다.

허공에 배트를 휘두른 덴커의 몸이 중심을 잃고 휘청거렸다.

그 모습을 바라보던 레이크 엘시노어의 팬들이 비웃음과 야유를 날리기 시작했다.

"풉! 저놈 춤추는 것 좀 봐. 발레라도 배우고 온 거냐?"

"이거 내가 타석에 들어서도 재보다는 잘하겠는데?"

"차라리 조금만 느리게 던져 달라고 빌어봐! 푸하하!"

원정 경기라서 더욱 크게 느껴지는 야유에 덴커가 이를 빠드득 갈며 관중석을 향해 매서운 눈빛을 보냈다.

'닥쳐! 이 개자식들아. 작년에는 탈탈 털리고 질질 짜던 녀석들이 누굴 놀려!'

덴커의 발끈하는 모습을 본 홈 팬들은 더욱 신이 난다는 듯 손짓 몸짓을 더해 계속해서 덴커를 놀려댔다.

"노려보면 어쩔 건데. 멍청아!"

"엉뚱한 데 힘 빼지 말라고~"

덴커는 애써 그들을 무시하고 다시 투수에게로 시선을 돌렸다.

'젠장!'

머스그레이브는 계속해서 96마일(154㎞)의 빠른 패스트볼을 뿌리고 있었지만 덴커의 배트는 도무지 공을 맞출 기미가 보이지 않았다.

'왜! 내가 왜 저 평범한 공을 맞추지 못하는 거야! 도대체 왜!'

4개 연속 패스트볼이었지만 2번의 헛스윙을 하고 난 이후의 충격은 덴커의 자존심을 벅벅 긁고 있었다.

'멍청한 녀석. 그렇게 지적을 해줬는데도 또 잊어버리고 있구나.'

덴커를 바라보는 브렌트의 이마에 주름이 잡혀 있었다.

최근 들어 급격히 무너지는 덴커의 타격 자세를 브렌트는 수차례 지적하며 교정을 해주었다. 하지만 덴커는 타석에만 들어서면 술에라도 취한 것처럼 중심이 쉽게 무너지는 모습을 보였다.

'네 녀석이 민우 녀석이 노력하는 것의 반 만큼만 했더라도 지금처럼 꼴사나운 모습을 보이진 않을 텐데. 쯧쯧.'

하지만 그런 현실에도 개선하려는 의지를 보이지 않는 덴커의 자만심은 브렌트의 눈살을 찌푸리게 할 뿐이었다.

슈욱!

탁!

머스그레이브의 제5구는 허를 찌르는 체인지업이었다.

패스트볼에 정신을 빼앗기고 있던 덴커는 맥없이 배트 끝으로 공을 건드리고 말았고, 타구는 얕게 바운드되며 2루수의 글러브를 향하고 있었다.

타타탓!

'젠장! 젠장! 젠장!'

덴커는 자신이 때려낸 타구가 2루수의 글러브로 빨려 들어가는 것을 바라보며 힘없이 1루를 향해 달리기 시작했다.

펑!

"아웃!"

퍽!

"아우웃!"

짧은 시간 차를 두고 2루심과 1루심의 아웃 판정이 연속으로 들려왔다.

식스티 식서스의 1사 1, 2루의 득점 찬스가 덴커의 병살로 허무하게 날아가는 순간이었다.

주먹을 쥔 채 더그아웃으로 들어서던 덴커와 채프먼의 시선이 허공에서 뒤섞였다.

덴커는 채프먼의 차가운 표정에서 느껴지는 불길함에 애써 시선을 피해 더그아웃 안쪽으로 들어가 주저앉고 말았다.

9회 말, 라이언의 뒤를 이어 올라온 스미스가 레이크 엘시노어의 6, 7, 8번 타자를 삼진 2개와 유격수 땅볼로 깔끔하게 막아내며 경기는 정규 이닝에서 결판이 나지 못한 채 연장으로 접어들었다.

10회 초.

식스티 식서스의 5번 해치가 선두 타자로 그라운드에 들어섰다.

슈욱!

딱!

해치는 머스그레이브의 93마일(149㎞)짜리 패스트볼을 결대로 밀어서 깔끔한 안타를 때려내며 쉽게 1루를 밟았다. 그리고 다음 타자로 들어서는 이는 바로 식스티 식서스의 6번 타자, 강민우였다.

민우는 배터 박스로 천천히 걸어가며 머스그레이브를 바라봤다.

민우는 전광판에 찍힌 93마일이라는 숫자에 고개를 갸웃거렸다.

'구속이 조금 줄어든 것 같은데?'

머스그레이브가 덴커에게 던졌던 패스트볼보다 해치에게 안타를 맞은 패스트볼의 구속이 조금 줄었다는 것을 깨달았다.

머스그레이브는 등판하자마자 연속 안타를 맞은 영향으로

투구 수가 늘어났고, 현재까지 총 투구 수 20개를 기록하고 있었다.

'그렇게 투구 수가 많은 것도 아닌 것 같은데, 완급 조절을 하고 있는 건가?'

사실 투수의 패스트볼 구속이 3마일 정도를 오르락내리락 하는 일은 흔히 볼 수 있는 광경이지만 민우의 눈에 지금의 경우는 조금 달라보였다.

'96마일에서 꾸준히 줄어들고 있어. 해치에게 던진 공은 94마일이 최대였다.'

하지만 머스그레이브의 표정은 여전히 무표정을 유지하고 있었기에 민우는 일단 초구를 지켜보고 판단하기로 했다.

1루를 흘겨보며 견제의 눈빛을 보내던 머스그레이브가 세트 포지션으로 초구를 뿌렸다.

슈욱!

팡!

"스트라이크!"

초구는 몸쪽 높은 코스로 아슬아슬하게 걸치는 94마일의 포심 패스트볼이었다.

'높아.'

민우는 거의 가슴 언저리로 들어오는 패스트볼에 몸을 살짝 뒤로 빼며 고개를 갸웃거렸다.

'위협구인가? 맞다면 다음 공은 바깥쪽으로 뺄 확률이 높

겠지.'

뒤로 물러섰던 민우가 다시 자리를 잡자 머스그레이브가 제2구를 뿌렸다.

슈우욱!

살짝 떠오르며 스트라이크존 한가운데를 향하던 공이 대각선으로 휘어지며 스트라이크존의 바깥쪽으로 크게 빠져나갔다.

팡!

"볼!"

오늘 경기에서 처음으로 던진 슬라이더였다.

그때 뒤로 돌아선 머스그레이브가 왼손을 두어 번 터는 모습이 민우의 눈에 잡혔다.

그 모습에 민우는 흐트러진 퍼즐이 하나로 맞춰지는 듯한 느낌이 들었다.

'혹시 손가락에 문제가 생긴 건가? 그래서 구속이 떨어지고 공이 뜨는 걸 수도 있어.'

"일반적으로 투수가 공을 많이 던지면 던질수록 악력이 점점 떨어지게 된다. 혹은 손끝으로 공을 채는 일이 잦은 특성상 손끝에 물집이 잡히거나 손톱이 깨지는 경우가 빈번하게 발생한다. 특히 손톱이 깨지는 경우는 임시로 본드로 처리하거나 할 수 있지만 물집은 상당히 고통스럽기 때문에 손끝으로 공을 제대로 채지 못하는 경우가 생기게 된다."

브렌트가 설명을 하며 야구공을 들어 공을 채는 듯한 동작을 보여주었다.

'만약 투수가 공을 완벽히 채지 못한다면 회전이 제대로 먹히지 않아 공이 밋밋해지고, 위로 뜨거나 휘어지는 실투가 나타나게 되는 것이다.'

브렌트의 설명에 민우는 한국에서도 몇 번 보았던 뉴스 기사를 떠올리고는 고개를 끄덕였다.

'분명 기억나. 투심을 던질 줄 모르는 투수가 공을 제대로 채지 못하면서 간간히 투심성 패스트볼을 던졌고 그 공의 피안타율이 3할 중반에 달했다고 분석한 뉴스였었지.'

민우가 이해한 듯 고개를 끄덕이는 모습을 본 브렌트가 잠시 멈췄던 설명을 이어나갔다.

"타자는 타석에 들어서기 전뿐만 아니라 타석에 들어섰을 때, 그리고 타석에서 물러났을 때까지 실시간으로 투수의 구위나 몸 상태를 신경 써야 한다. 그래야 약간의 틈이 생겼을 때 기회를 놓치지 않고 좋은 타구를 날릴 수 있기 때문이다."

민우는 타임을 요청한 뒤, 배터 박스에서 한 걸음 물러서 장갑을 천천히 매만지며 브렌트의 가르침을 복기하며 현재의 상황을 판단하기 시작했다.

'처음 던진 슬라이더가 제대로 제구가 되지 않은 것, 손이 불편한 것처럼 터는 모습. 아마 초구도 의도치 않게 높이 날아온 걸 거야. 충분히 노림수를 가져볼 만하다.'

민우는 주심이 자신을 지그시 바라보는 것이 느껴지자 고개를 살짝 숙여 보이고는 빠르게 배터 박스에 자리를 잡았다.

'이런 기회는 흔치 않아. 절대로 놓칠 수 없다.'

민우가 타격 준비를 마치자 주심이 경기 재개를 알렸다.

포수의 사인을 받고 고개를 끄덕인 머스그레이브의 구레나룻에서 땀 한 방울이 흘러 톡 하고 떨어져 내렸다.

이윽고 숨을 크게 내쉰 머스그레이브가 세트 포지션으로 빠르게 공을 뿌렸다.

슈우욱!

머스그레이브의 손을 떠난 공이 올곧은 궤적을 그리며 스트라이크존 한가운데를 향해 날아왔다.

"흡!"

그와 동시에 민우의 허리와 배트가 벼락처럼 돌아갔다.

따악!

민우의 배트와 부딪힌 타구는 큰 포물선을 그리며 좌중간 센터 방면으로 뻗어나가기 시작했다.

—제3구. 쳤습니다! 좌중간을 향해 포물선을 그리며 뻗어나가는 타구! 좌익수와 중견수가 빠르게 쫓아갑니다.

1루에 있던 해치가 내달리는 것과 동시에 민우가 살짝 인상을 쓰며 배트를 놓고 빠르게 달리기 시작했다.

'공이 약간 옆으로 휘는 바람에 스위트스폿에 정확히 맞지 않았다.'

빠르게 1루를 돌아 2루로 몸을 돌리자 타구를 쫓는 좌익수와 중견수의 모습이 보였다.

중견수보다 두어 걸음 먼저 도착한 좌익수가 글러브를 든 손을 쭉 뻗으며 힘껏 몸을 날렸다.

―먼 거리를 달려온 좌익수가 힘껏 몸을 날립니다!! 아!!

툭! 텅!

워닝 트랙까지 도달한 민우의 타구는 아슬아슬하게 좌익수의 글러브를 피하며 바닥에 튕긴 뒤 펜스를 맞고 높이 솟아올랐다.

―타구가 좌익수의 글러브를 아슬아슬하게 빗겨 나갑니다. 좌익수를 피해 중견수가 폴짝 점프를 하는군요! 그사이 강민우 선수가 달리는 것을 멈추지 않고 3루를 향해 내달립니다! 이제야 공을 잡은 중견수가 힘껏 공을 뿌립니다.

잡히겠다는 생각에도 속도를 줄이지 않던 민우가 그 모습을 보고는 몸에 탄력을 붙여 2루를 지나 3루를 향해 힘껏 내달리기 시작했다.

펜스를 맞고 잠시 떠올랐던 타구가 뒤늦게 떨어지며 중견수의 글러브로 들어갔고, 중견수가 곧바로 공을 빼내 3루를 향해 힘껏 뿌렸다.

슈우욱!

중견수의 송구가 높은 포물선을 그리며 3루를 향해 날아오기 시작했다.

민우는 3루 코치의 제스처를 보고는 3루 베이스를 향해 몸을 날렸다.

촤아아악!

퍽!

베이스에 발끝이 닿는 느낌과 함께 3루수의 글러브가 몸을 때렸다.

주심은 고민할 것도 없다는 듯이 양팔을 쫙 벌리며 세이프임을 선언했다.

"세이프!"

—3루에서! 3루! 3루! 세이프! 세이프입니다! 그사이 해치가 홈으로 여유 있게 들어옵니다! 강민우의 1타점 적시 3루타! 양 팀의 팽팽하던 균형이 강민우의 손끝에서 깨집니다!

—이야~ 강민우 선수가 운이 좋았습니다. 레이크 엘시노어

다이아몬드의 가장 깊은 곳인 좌중간 방면으로 날아간 데다 좌익수와 중견수가 부딪칠 뻔하면서 공을 잡아내는 것이 꽤 지연됐습니다. 뒤늦게 중견수가 송구를 뿌려봤지만 역부족이었네요.

—참, 강민우 선수도 대단한 게 한 번도 속도를 늦추지 않았거든요. 마치 좌익수가 공을 놓칠 것을 알고 있던 것 같았습니다.

"좋아! 역전이라고!!"

"우와아아아!"

"킹 캉! 킹 캉! 킹 캉!"

관중석 이곳저곳에서 자리를 박차고 일어난 원정 팬들이 즐거움에 몸부림치며 소리를 지르고 있었다.

5회 초, 보살 플레이로 대량 실점 위기를 넘긴 것도 모자라 역전 적시타까지 때려냈으니 당연한 반응이었다.

"뭐 저런 자식이 다 있어……."

"아주 혼자 다 해먹네, 다 해먹어."

"비열한 놈들아. 저런 놈은 빨리 더블 에이로 올려 버리라고!"

망연자실한 표정으로 민우를 바라보던 일부 홈 팬들은 민우를 향해 손가락질하며 칭찬 같은 야유를 날려댔다.

3루 쪽 관중석에서 들려오는 야유 소리를 들은 민우가 피식 웃음을 날렸다.

'저도 빨리 메이저리그로 올라갔으면 좋겠네요.'

뒤늦게 장구를 벗으며 3루 코치에게 건네주며 더그아웃을 바라보자 많은 선수가 박수를 치거나, 팔을 들어 보이며 세레머니를 보이고 있었다.

그사이에서 세릴이 어깨에 아이싱을 하며 반대쪽 손으로 자신을 가리키고 있었다.

'훗, 세릴 녀석. 얼굴이 아주 폈네, 폈어.'

그 모습에 민우 역시 미소를 보이며 손을 들어 보이며 화답했다.

"감독님, 감독님의 눈에 민우는 어떻게 보이십니까?"

물음을 던진 브렌트가 진지한 눈빛으로 채프먼을 바라봤다.

채프먼은 아무런 말이 없었다. 그저 무표정한 얼굴로 민우를 바라보고 있을 뿐이었다.

"제 눈에는… 메이저리거가 된 녀석의 모습이 보입니다."

브렌트의 이어진 말에도 채프먼은 여전히 아무런 말이 없었다.

브렌트는 그런 채프먼의 모습에 가만히 고개를 돌려 민우를 바라봤다.

그라운드를 멍하니 바라보던 채프먼의 뇌리에 문득 민우가 처음 사무실에서 내뱉었던 말이 떠올랐다.

"저한테 하셨던 그 말들, 반드시 후회하실 겁니다. 장담합니다."

'하……. 치기 어린 마음으로 내뱉은 헛소리라고 생각했는데… 내가 호랑이 새끼를 몰라봤구나.'

채프먼은 복잡 미묘한 시선으로 민우를 한동안 빤히 바라봤다.

민우의 3루타 이후, 실베리오가 삼진을 당하며 잠시 주춤했지만 8번 갤러거가 우익수 앞 안타를 때려내며 민우를 홈으로 불러들였고, 스코어는 3 대 1로 조금 더 벌어졌다.

이어서 9번 델모니코가 연속 안타를 때려내 1사 주자 1, 2루가 되며 식스티 식서스가 다시 상승세를 타는 듯했다.

하지만 머스그레이브의 뒤를 이어 올라온 우완 브레이트에게 1번 부스와 2번 구티에레즈가 연속 삼진을 당하며 더 이상의 추가 득점을 올리지 못한 채 공격이 끝이 나고 말았다.

공수가 바뀐 10회 말, 스미스가 공 6개로 레이크 엘시노어의 공격을 깔끔하게 막아내며 식스티 식서스의 승리를 지켜냈다.

민우는 4타석 4타수 2안타(2루타, 3루타) 1도루 1타점 2득점을 기록하며 시즌 타율은 0.625가 되었다.

이 승리로 레이크 엘시노어 스톰과의 4연전 중 첫 경기를 승리로 장식함과 동시에 인랜드 엠파이어 식스티 식서스는 6연승을 달성하며 남부 리그의 예상치 못한 강팀으로 부상하기 시작했다.

제4장

달콤한 제안

"와, 저 여자 누구야? 누구 아는 사람 있어?"

"몰라. 저렇게 예쁜 여자를 누가 알겠어."

통로를 지나쳐 뒤늦게 라커룸으로 향하던 선수들이 하나같이 바라보는 곳에는 세련된 블랙 재킷에 몸에 착 달라붙는 화이트 톤의 펜슬 스커트를 걸친 여성이 통로 한편에 서 있었다.

지나가는 선수들마다 눈을 동그랗게 뜨며 쉽사리 눈을 떼지 못하는 모습이었다.

"혹시 연예인인가?"

"무슨 말도 안 되는 소리야."

한 선수의 물음에 다른 선수가 어이없다는 표정을 지으며 그 선수를 바라봤다.

"그런데 왜 우리 팀 라커룸 앞에 있는 거야? 누굴 찾아온 것 같은데?"

덜컥!

"뭐야? 뭔데 이렇게 소란들이야?"

샤워를 마치고 장구를 챙기던 민우가 밖에서 이는 소란에 문을 열고 고개를 내밀었다.

"아, 민우. 저기 봐봐."

무언가에 홀린 듯한 표정의 실베리오가 가리키는 곳으로 시선을 돌린 민우가 '헉' 하는 표정을 지었다.

인터넷에서나 가끔 보이던 금발의 여신이 스무 걸음이 채 안 되는 곳에 서 있었기 때문이다.

그리고 그 여신이 고개를 들어 민우를 바라보더니 옅은 미소를 지으며 천천히 다가오기 시작했다.

또각또각.

그 모습에 나란히 서 있던 실베리오가 깜짝 놀라며 우왕좌왕하기 시작했다.

"헉, 뭐야. 저 여자가 찾아온 사람이 민우… 너였어?"

놀라기는 민우 역시 마찬가지였다.

"응? 아니! 나도 몰라! 난 저런 사람 같지 않은 여자는 본 적도 없다고!"

실베리오의 물음에 민우가 놀란 목소리를 내는 사이, 민우의 지척에 도착한 여신, 아니, 여성이 천천히 입을 열었다.

"강민우 선수되시죠?"

"봐봐! 너 찾아온 거 맞잖아!"

여성의 목표가 민우라는 것을 확인한 실베리오가 민우를 향해 시기와 질투의 시선을 날리며 몇 걸음 떨어져 있던 선수들에게로 가버렸다.

'어버버' 하는 표정을 지으며 실베리오를 바라보던 민우가 이내 천천히 고개를 돌려 눈앞의 여성을 바라봤다.

'가까이서 보니까… 겁나 예쁘네.'

민우는 심장이 쿵쾅거렸지만 겉으로는 아무렇지 않은 척 짐짓 진지한 표정을 지어 보였다.

"네, 제가 강민우입니다."

민우의 대답에 자신이 찾는 사람이 맞다는 것을 확인한 여성이 손을 내밀어 악수를 청했다.

"만나 뵙게 돼서 반갑습니다. 저는 보라스 코퍼레이션에서 온 한나 퍼거슨이라고 합니다."

얼떨결에 손을 맞잡고 흔든 민우의 머릿속이 복잡해지기 시작했다.

'보라스 코퍼레이션이라면… 엄청나게 유명한 스포츠 에이전시잖아! 거기서 날 찾아왔다고?'

민우는 믿기지 않는 현실에 잠시 반응을 하지 못하다가 명함을 내민 퍼거슨의 손이 보이자 퍼뜩 정신을 차리고는 명함을 받아 들었다.

"아, 네. 그런데 저에게 어쩐 일로 오신 거죠?"

"여기에 서서 말하기엔 좀 그렇군요. 근처 카페라도 가서 이야기할까 하는데, 시간 괜찮으십니까?"

퍼거슨의 물음에 민우의 심장이 다시 쿵쾅거리기 시작했다.

'미모의 여성, 카페, 데이트, 성공적…….'

잠시 망상에 빠져 있던 민우가 다시 정신을 차리고는 고개를 끄덕였다.

"예, 잠깐이라면 가능합니다."

"강민우 선수는 아직 에이전트 계약을 하지 않고 계시더군요."

보라스 코퍼레이션에서 왔다는 이야기를 이미 들은 터라 어떤 주제의 이야기가 오고 갈지는 대충 예상이 되었다.

퍼거슨의 말에 민우가 가볍게 고개를 끄덕였다.

"예. 일주일 전까지만 하더라도 미국으로 올 거라는 생각조차 하지 못하고 있었으니까요. 이미 계약을 맺은 상태이기도 하구요."

민우는 자신의 현실과 입장을 가감 없이 솔직하게 퍼거슨에게 털어놓았다.

"강민우 선수와 같은 실수를 많은 선수가 하고 있지요. 만약 강민우 선수가 스카우터의 계약을 제안받기 전에 저희와 에이전트 계약을 맺었더라면 지금보다 더 좋은 계약을 맺을 수 있었을 겁니다."

퍼거슨의 말에 민우가 잠시 생각에 빠졌지만 이내 고개를 저었다.

"아니요. 스카우터의 제안을 받을 당시의 저는 한국에서도 방출당해 어디 갈 곳조차 없던 미아 신세였습니다. 만약 스카우터가 저에게 계약을 제시하지 않았다면 이렇게 미국에서 활동할 수도 없었을 것이고, 퍼거슨이 절 찾아오는 일도 일어나지 않았겠지요."

후회는 없다는 듯한 민우의 단호한 대답에 퍼거슨의 표정이 미묘하게 변했다가 다시 무표정으로 돌아왔다.

"예, 강민우 선수의 생각은 잘 알았습니다. 그럼 지나간 일은 더 이상 꺼내지 않도록 하겠습니다. 하지만 지금은 강민우 선수의 가치가 많이 상승했다는 것을 잘 알고 계실 겁니다. 몇몇 팀이 스카우터를 파견해 강민우 선수의 거취에 변동이 있지 않나 예의 주시하고 있기도 합니다."

퍼거슨의 이어진 말은 민우가 차마 예상하지 못했던 이야기였다.

"절 보러 다른 팀들에서 왔다는 말입니까?"

민우의 반응에 퍼거슨이 옅은 미소를 지어 보였다.

"예, 좋은 선수에게는 언제나 스카우터의 눈이 달라붙게 마련이죠."

'내 가치가 그 정도로 올라갔다는 말인가?'

민우가 천천히 고개를 끄덕이자 퍼거슨이 서류 가방에서 노란 봉투를 꺼내 민우에게 내밀었다.

"단도직입적으로 말씀드리겠습니다. 저희 보라스 코퍼레이션에서는 강민우 선수의 가능성을 아주 높이 보고 있습니다. 만약 저희 보라스 코퍼레이션과 계약을 한다면 후에 일어날 계약을 포함한 모든 문제를 저희가 도맡아 처리를 해드립니다. 거기에 선수의 건강관리부터 원한다면 개인 코치까지 지원해 드릴 수 있습니다. 강민우 선수가 최고의 환경에서 최고의 선수로 거듭날 수 있도록 도움을 드릴 수 있습니다."

민우는 퍼거슨의 말을 들으며 가만히 서류 봉투를 내려다보았다.

'퍼거슨의 말만 들어서는 보라스 코퍼레이션과의 계약에서 내가 손해를 볼 것은 단 하나도 없다. 하지만 너무나도 달콤한 제안이야. 섣불리 판단하기엔 내가 아는 것이 너무나도 부족하다.'

퍼거슨의 이야기가 끝이 났지만 민우는 쉽게 결정을 내리지 못하고 있었다.

당장에 결론이 날 것 같지 않자 퍼거슨이 먼저 제안을 했다.

"지금 당장 답변을 주지 않으셔도 됩니다만, 계약은 빠르게 할수록 좋겠지요. 마음을 정하시면 언제든지 저에게 연락을 주십시오. 바로 강민우 선수를 찾아오겠습니다."

민우는 그런 퍼거슨의 말에 알겠다는 듯 고개를 끄덕여 보였다.

"알겠습니다. 조만간에 결정을 내리고 연락을 드리도록 하겠습니다."

용건을 모두 마치자 퍼거슨이 고개를 꾸벅 숙이고 일어나 카페 앞에 마중을 나온 차에 올라타 멀어져 갔다.

떠나가는 퍼거슨의 뒷모습을 잠시 바라보던 민우는 한 손에 서류 봉투를 든 채 고민에 빠져들었다.

'이걸 누구한테 물어봐야 되지?'

그런 민우의 뇌리에 어떤 한 사람의 이름이 떠올랐다.

'분명, 물어볼 것이 있으면 언제든지 찾아오라고 했었지. 그라면 현명한 답을 내려주지 않을까.'

민우의 뇌리에 떠오른 이는 민우가 처음 미국 땅을 밟았을 때 마중을 나왔던 블랙웰이었다.

'하지만… 블랙웰에게 물어보려면 홈으로 돌아가야 하는데……. 이런 중요한 사항을 전화로 물어보기도 그렇고…….'

이곳에 블랙웰은 없었다.

블랙웰은 애로우헤드 크레딧 유니온 파크에 남아 자신의 구단 업무를 보고 있었다.

그리고 레이크 엘시노어와의 원정 4연전 중 이제 막 1차전이 끝났을 뿐이었다.

'괜찮겠지. 이렇게 직접 찾아올 정도면 나에게 관심이 많다는 말이기도 하고.'

혼자 판단하기에는 정보가 부족하고, 블랙웰에게 물어보려면 홈으로 돌아가야 했다.

민우의 고민은 길지 않았다.

'일단은 경기에 집중하는 수밖에.'

결정을 내린 민우가 빠르게 숙소 방향으로 발을 옮겼다.

* * *

전날 경기 후, 예상치 못한 방문에 훈련을 패스한 민우는 꽤나 이른 시간부터 경기장에 나와 개인 훈련을 하고 있었다.

팀의 공식 훈련 시간은 한참 뒤에 잡혀 있었지만 아침 훈련은 민우의 루틴이 되어 가고 있었기에 원정 경기에서도 거르지 않고 있었다.

그런 민우의 옆에는 언제나처럼 브렌트가 달라붙어 훈련을 돕고 있었다.

워밍업을 하는 동안 민우는 브렌트와 어제 경기에 대해 대화를 하고 있었다.

"코치님, 어제 경기 말입니다. 슈미트의 패스트볼과 브레이킹 볼의 구속 차이가 20마일이 넘어버리니 대응하기가 꽤나 버거웠습니다."

민우의 질문에 브렌트가 어제 경기를 떠올리는 듯 잠시 말이 없었다.

"음, 어제 5회 타석을 말하는 거겠지?"

"예, 슈미트가 던진 패스트볼과 브레이킹 볼의 구속 차이가 20마일쯤이었던 것으로 기억합니다."

민우가 덧붙이는 말에 브렌트가 고개를 끄덕였다.

"확실히 나도 기억하네."

"이미 스트라이드를 내디딘 상태에서 허리와 손목을 조절하려고 노력했지만… 결국 크게 당겨 치고 말았습니다. 완벽히 다루는 데에 실패한 거죠. 결과적으로 바람이 좌측으로 불지 않았다면 파울이 됐을 타구가 나왔고요."

민우의 목소리엔 고민이 잔뜩 묻어 있었다.

"상위 리그로 갈수록 구속이며 컨트롤이며 수준이 더 높아질 것이 분명한데… 이 상태라면 고전하지 않을까 하는 생각입니다."

민우의 말에 브렌트의 눈이 이채를 띠었다.

'당장의 성적에 만족하지 않고 먼 미래를 내다본다라…….
아주 마음에 드는 자세야. 아주 마음에 들어.'

브렌트는 생각과는 달리 약간은 달갑지 않다는 표정을 지어 보이며 입을 열었다.

"흠. 네 녀석은 벌써부터 이곳을 떠날 생각만 하고 있는 듯

하구나.”

예상치 못한 브렌트의 발언에 깜짝 놀란 민우가 양손을 내저었다.

“아니! 그런 게 아닙니다! 저는 아직도 코치님께 배울 점이 많다고 생각합니다.”

당황한 듯한 민우의 목소리에 브렌트가 금방 표정을 풀며 ‘껄껄’거리며 웃어 보였다.

“녀석, 농담이다. 너무 심각한 표정으로 이야기하기에 긴장을 좀 풀어주려고 한 것이다.”

민우에겐 꽤나 무서운 농담이었다.

브렌트의 반응에 민우가 고개를 숙이며 다행이라는 듯 한숨을 내쉬었다.

“휴, 저 진짜 깜짝 놀랐습니다.”

“후후. 그런 말 한마디로 내가 널 밉게 볼 줄 알았느냐?”

‘네. 코치님한테 밉보이면 버프가 없어지기도 하거든요.’

뒷말은 차마 입 밖으로 꺼낼 수 없었다.

민우가 어색한 웃음을 짓는 것을 본 브렌트가 이내 진지한 표정을 지었다.

“그래. 그럼 천천히 분석해 보자. 먼저 민우 너의 타격 자세를 보면 그 힌트를 찾을 수 있다.”

“제 타격 자세에서 말인가요?”

“그래. 타격 자세를 간단히 구분하면 스트라이드를 내디디면서 무릎, 허리, 상체 순으로 돌아간다고 할 수 있지. 민우 너 같은 경우는 레그 킥을 한 뒤 스트라이드를 내디딘다. 그렇지?"

브렌트가 배트를 쥔 손 모양을 쥐어 보이며 민우의 타격 자세를 흉내 내 보였다.

"패스트볼 타이밍에 맞춰 앞다리를 크게 들었다 내디딜 때 브레이킹 볼 타이밍에 맞추기란 여간 힘든 것이 아니다. 그런데 이렇게 큰 레그 킥이 꼭 필요할까?"

갑작스러운 브렌트의 물음에 민우의 얼굴이 요상하게 변했다.

"당연히… 체중 이동을 위해 필요한 동작이 아닙니까?"

"보통은 그렇게들 알고 있지만, 나는 다르게 생각한다."

브렌트는 다시 배트를 든 것처럼 자세를 잡아 보이며 설명을 이어갔다.

"다리를 크게 들어 올리는 것은 타자의 파워에 크게 영향이 없다고 할 수 있다. 자, 레그 킥을 한 뒤 스트라이드를 내디딘 상태에서 배트의 위치는 어디에 있지?"

브렌트는 구분 동작으로 민우의 타격 자세를 천천히 흉내내며 스트라이드를 내디딘 상태에서 멈춰 섰다.

민우는 그 모습에 고개를 갸웃거렸다.

"아직 배트가 출발하지 않았습니다."

민우의 대답에 고개를 끄덕인 브렌트가 배트를 돌리는 시닝을 해 보였다.

"자, 잘 보도록 해라."

브렌트는 다시 배트를 든 자세를 취한 뒤, 앞발을 아주 조금씩 들썩이며 여러 번에 걸쳐 톡, 톡 거린 뒤 잠시 멈춰 섰다가 배트를 돌려 보였다.

민우는 그 모습에 문득 한 선수가 떠올랐다.

'분명, 추진수 선수가 저렇게 스트라이드를 내디뎠었지.'

"달라진 동작이 무엇이지?"

"앞다리를 크게 들지 않고, 스텝을 여러 번에 걸쳐서 내디뎠습니다. 그 뒤에 배트가 돌아갔고요."

"그래. 맞다. 두 가지 타격에서 달라진 것은 스트라이드의 방법뿐이다. 반대로 말하면 두 동작 모두 스트라이드가 끝난 뒤에 배트가 돌아간다는 점이 동일하다고 할 수 있지. 즉, 어떤 식으로 스트라이드를 내디디든 배트가 출발하기 전의 모습은 앞다리를 들기 전과 별반 다를 것이 없다는 말이다."

민우는 이해가 잘 되지 않는 듯 아리송한 표정을 지었다.

"보기에는 그렇게 보이지만… 레그 킥이 파워에 영향을 주지 않는다면, 어떤 것이 파워에 영향을 준다는 말입니까?"

브렌트는 민우의 물음에 가까이 다가와 민우의 근육을 만지작거리며 설명을 이어나갔다.

"바로 대퇴부와 코어 근육이다. 파워의 70프로는 바로 이곳에서 나오는 것이지. 이를 바탕으로 한 강한 허리 회전이 바로 강한 타격으로 이어지는 것이다. 이외에 팔과 손목의 영향은 15프로 정도라고 할 수 있다. 물론 이 모든 건 타고난 체질이나 능력에 따라 또 달라지지만 말이다."

민우가 아직도 아리송한 표정을 짓고 있자 브렌트가 또 한 번 웃음을 터뜨렸다.

"껄껄. 이렇게 말로 듣는다고 한 번에 이해되면 네 녀석이 테드 윌리엄스 같은 타격의 천재인 거겠지. 자, 그럼 다시 원점으로 돌아가 보자. 민우, 너의 궁금증은 패스트볼과 브레이킹볼의 구속 차이를 메우는 것이었지. 자, 그럼 내가 너에게 보여준 두 번째 타격 자세에서 스텝을 여러 번으로 나누는 이유가 무엇일까?"

브렌트의 화제 전환에 민우가 잠시 고민을 하는 듯한 표정을 짓더니 천천히 입을 열었다.

"타이밍을 맞추는 데 더 수월하기 때문… 입니까?"

민우의 답변에 브렌트가 웃음을 보이며 고개를 끄덕였다.

"정답이다. 다리를 크게 들어 올렸다가 내딛는 것은 조금만 어긋나면 배팅 과정이 물 흐르듯 이어지지 않고 급하게, 혹은 늦게 배트를 내밀게 될 확률이 높다. 한마디로 예상과 다른 공이 올 때, 배팅 타이밍을 정확히 조절하는데 방해 요소가 된다는 말이다."

잠시 말을 멈춘 브렌트는 민우가 생각할 시간을 주고 말을 이어나갔다.

"반면 스텝을 여러 번에 걸쳐 딛는 것은 타격 밸런스가 무너지지 않고 타이밍을 맞추기에 아주 적합하지. 예를 들어 빠른 패스트볼이라고 생각하고 스텝을 두 번에 걸쳐 내디뎠는데 브레이킹 볼 타이밍이라면 스텝을 추가로 짧게 혹은 조금 길게 한 번 더 내밀어서 타이밍을 좀 더 수월하게 맞출 수 있는 것이다. 리듬을 타는 거지."

'리듬이라.'

브렌트의 마지막 말에 민우가 무언가 알 것 같다는 얼굴을 보였다.

그 모습에 브렌트의 얼굴에 은은한 미소가 피어났다.

"하지만 명심해야 할 것은 절대적으로 정해진 정론은 없다는 것이다. 나에게 맞는 방법이 너에게는 맞지 않을 수도 있다. 하지만 위기를 느낄 때엔 안정이 아닌 과감한 도전도 필요하다. 너에게는 그 해답을 찾기 위한 도전이 필요하고, 그런 도전을 위한 공간이 바로 이곳 싱글A라고 할 수 있다. 그리고 오늘 너에게 스트라이드 방법의 수정이 바로 그 도전이 될 것이다."

'해답을 찾기 위한 도전!'

도전이 끝나는 날, 더 높은 곳으로 올라갈 것이다.

민우의 눈빛이 어느새 또렷이 빛나기 시작했다.

"옙. 최선을 다하겠습니다."

민우의 대답을 끝으로 대화로 가득 차 있던 훈련장에 이윽고 타격음이 울려 퍼지기 시작했다.

*　　*　　*

“치사한 놈, 부러운 놈, 복 받은 놈.”

갤러거가 말을 툭 뱉으며 민우를 슥 지나쳐 갔다.

“아이고 부러워라.”

델모니코는 진심으로 부러운 눈빛을 보내고 있었다.

“혼자만 미녀를 만나니 좋더냐? 나는? 나는!”

민우가 미모의 여성과 경기장을 빠져나갔다는 소식을 뒤늦게 접한 해치의 말투엔 섭섭함이 과장되게 담겨 있었다.

식사와 휴식을 마친 뒤, 훈련장으로 들어서던 민우는 하나 둘 나타나는 선수들의 반응에 점점 이상한 표정이 되어갔다.

‘아니, 이 사람들이 왜이래…….’

“다들 뭔가 착각하고 있는…….”

“아이고~ 민우가 하루 만에 얼굴이 폈네, 폈어. 그래. 어제 그 미녀랑 도대체 무슨 일이 있었던 거야? 응?”

민우가 오해를 풀기 위해 입을 열려는 순간, 어느새 옆으로 다가온 실베리오가 호기심 가득한 표정을 지어 보였다.

실베리오가 나서자 기다렸다는 듯이 다른 선수들까지 우르르 몰려와 순식간에 민우를 둘러쌌다.

“뭐래? 사귀재? 그동안 흠모하면서 바라봤대?”

실베리오의 얼굴이 점점 눈앞으로 다가오자 '윽' 하는 표정을 지은 민우가 양손을 들어 실베리오의 뺨을 툭 쳤다.

"악! 왜 때려!"

실베리오는 과장되게 고통스러운 표정을 지으며 민우를 바라봤다.

민우는 그런 실베리오의 모습에 어이없는 표정으로 한숨을 푹 쉬었다.

"미안하지만 너희들이 기대하는 그런 이야기는 없단다. 그 여자는 에이전트일 뿐이야."

민우의 해명에도 일부 선수들은 미심쩍은 표정을 짓고 있었다.

"그런 미모의 여성이 에이전트라고?"

"거짓말하지 마! 내 에이전트는 나보다 덩치가 크다고!"

한 선수의 외침에 선수들의 눈빛이 다시 돌변했다.

"비겁하다! 변명으로 이 상황을 빠져나갈 생각이라면 접어두라고!"

"우우우!"

"우리도 소개시켜 달라!"

예상치 못한 선수들의 반발에 어이없는 표정을 지은 민우가 '기다려 봐'라는 말과 함께 더그아웃에 들어갔다.

멀뚱히 그 모습을 쳐다보던 선수들은 민우의 손에 무엇인가 들려 있는 것을 발견하고 관심을 집중했다.

민우는 그들의 시선이 자신에게 모두 쏠려 있음을 확인하고는 고개를 절레절레 지으며 손을 들어 보였다.

"자, 봐! 그 여자는 에이전트가 맞다고. 보라스 코퍼레이션 소속이고 나한테 관심을 가지고 있다고 찾아온 거란 말이야. 나도 그 여자가 내 팬이었으면 좋겠다."

민우가 당당한 표정으로 들어 보인 손에는 하얀 명함이 들려 있었고, 민우의 주장대로 보라스 코퍼레이션 소속 에이전트임을 증명하듯 한나 퍼거슨의 이름과 함께 회사 이름, 주소, 전화번호 등이 나열되어 있었다.

민우의 주장이 사실로 드러나자 일부는 재밌는 게 없어졌다는 표정을 지었고, 일부는 진심으로 실망한 표정을 지어 보였다.

"뭐야. 진짜 에이전트였냐."

"팬?? 풉, 여자 친구가 아니고?"

"이건 불공평해! 왜 나는 떡대 아저씨를 붙여주고, 너한테는 그런 미모의 여성을 붙여주냔 말이다!!"

한 선수는 세상의 불공평함에 주저앉아 절규를 하고 있었다.

피식 웃으며 그 모습을 바라보던 민우는 누군가 자신의 손을 잡아 고정하는 모습에 시선을 다시 앞으로 돌렸다.

눈앞에는 어디서 펜을 준비한 건지 손에다 무언가를 적고 있는 실베리오의 모습이 보였다.

"이, 일, 삼……."

"너 뭐하냐?"

민우가 물음을 던지자 실베리오가 명함에 시선을 고정한 채, 건성으로 대답을 했다.

"응. 임자 없는 사람이라기에 전화번호 적고 있어."

빡!

"아악!"

실베리오는 순간 눈앞이 번쩍거림과 함께 머리를 타고 내려오는 고통에 새된 비명을 지르고 말았다.

고통을 참으며 실눈을 떠보니 민우가 주먹을 든 채로 자신을 쳐다보고 있는 것이 보였다.

'왜, 왜 때리는 거야!'

실베리오의 목구멍까지 나왔던 말은 민우의 주먹이 아직 쥐어져 있는 것을 보고는 다시 쏙 들어가 버렸다.

"그럼 보라스 코퍼레이션이랑 계약한 거야?"

실베리오가 머리를 문지르며 경계의 눈빛과 함께 던진 물음에 민우가 고개를 가로저었다.

"아니. 제안만 듣고 계약은 아직 고민 중이야."

민우의 대답에 실베리오가 이해할 수 없다는 표정을 지었다.

"민우, 보라스 코퍼레이션은 정말 가능성이 높은 유망주나 거물급 선수가 아니면 먼저 계약하자고 찾아오지 않는다고!

특히 그런 미녀가 찾아오는 경우는 더더욱 없어! 나라면 당장 계약이다!"

실베리오는 어느새 불타는 눈빛으로 주먹까지 불끈 쥐어 보이고 있었다.

민우는 그 모습에 고개를 절레절레 저으며 실베리오의 곁을 떠나갔다.

'예쁘긴 진짜 예뻤지. 하~'

잊고 있던 그녀의 얼굴이 민우의 눈앞에 아른거렸다.

잠시 헤벌쭉한 표정을 짓던 민우는 자신을 이상하게 쳐다보는 선수들의 눈빛을 느끼고는 놓칠 뻔했던 정신 줄을 열심히 다잡았다.

제5장

언더핸드, 그리고 4번 타자

민우의 대활약으로 앞선 1차전을 가져갔던 인랜드 엠파이어 식스티 식서스는 이후 2차전을 내어주며 연승 행진을 끝내고 말았지만 3차전에서 다시 승리를 가져오며 시리즈 전적 2승 1패를 거두고 있었다.

이 두 경기에서 민우는 브렌트의 조언에 따라 레그 킥을 서서히 줄여 나가며 타격 폼을 조금씩 변화시키고 있었다.

아직은 몸에 맞지 않는 옷을 입은 듯했기에 2스트라이크 상황까지는 원래의 타격 폼으로, 2스트라이크 이후부터는 새로운 타격 폼으로 타격에 임하며 실전에서의 가능성을 계속해서 확인해 나갔다.

그 결과, 민우는 2경기에서 각각 5타수 2안타 1도루 2타점 1득점, 4타수 1안타 1타점 1득점의 성적을 기록하며 준수한 활약을 이어갔다.

그렇게 레이크 엘시노어 스톰과의 4연전 중 어느새 마지막 경기가 다가왔다.

더그아웃에 몇몇 선수가 모여 웅성거리고 있었다.

"덴커가 결국 4번 자리를 내놓는구나."

"그동안 어지간히 죽을 쒔어야지."

대화를 나누던 선수들의 시선이 이내 한곳으로 몰렸다.

그곳에는 덴커가 충격을 받은 듯, 멍한 얼굴로 무릎을 팔로 짚은 채 바닥을 바라보고 있었다.

덴커의 주먹은 하얗게 질릴 정도로 꽉 쥐어져 있었다.

'이 내가… 저 애송이한테 4번을 빼앗겨? 이 내가?'

덴커는 루키 리그부터 현재의 하이 싱글A까지 올라오며 중심 타선에서 벗어난 적이 없었다.

그런데 코치의 입에서 새로운 라인업이 나오는 순간 극한 좌절감과 질투, 분노의 감정이 덴커의 가슴 한복판에서 쉴 새 없이 휘몰아치고 있었다.

으드득!

앙 다문 입에서 이가 갈리는 소리가 들리자 주변에 있던 몇 선수가 덴커에게로 시선을 돌렸다가 이내 다시 거둬들였다.

선수들은 괜한 불똥이 튈까 멀찍이 떨어져 덴커에게 애써 신경을 쓰지 않으려는 듯 보였다.

덴커는 선수들이 자신을 어떤 눈으로 쳐다보는지 이미 알고 있었다.

연민, 동정, 고소함, 통쾌함 등 선수마다 다양한 모습을 보이고 있었고 그 점이 덴커를 더욱 분노하게 하고 있었다.

'이대로 당하고 있을 수만은 없어. 두고 봐라. 내가 기필코 네놈의 콧대를 눌러줄 테니까.'

덴커의 날카로운 눈빛이 민우의 뒤통수를 계속해서 찔러댔다.

민우는 그런 덴커의 시선에 피식 웃어넘길 뿐이었다.

'내가 4번 타자로 올라서다니. 한국에서도 못해본 4번 타자를……. 채프먼이 이제 날 인정한다는 뜻인가?'

턱!

민우는 어깨에 충격과 동시에 무거운 무언가가 올라왔다.

"흐흐흐."

동시에 옆에서 들려오는 장난기 가득한 웃음소리에 고개를 천천히 돌렸다.

"여~ 민우, 미녀의 축복과 함께 4번 타자가 된 기분이 어때?"

미녀의 축복이라니. 마치 새로 생긴 버프의 이름같이 느껴졌다.

민우는 어깨에 올려 있는 실베리오의 팔을 툭 쳐서 떨궈 버렸다.

"그런 거 없다."

그 모습에 실베리오가 어이가 없다는 듯한 표정을 지었다.

"와~ 4번 타자가 되더니 어깨에 뽕을 많이 넣으셨어요?"

"예, 어깨에 뽕이 많이 들어갔네요."

민우의 반응에 '풉' 하고 웃음을 터뜨린 실베리오가 마운드에서 연습 투구를 하고 있는 레이크 엘시노어의 투수에게로 시선을 돌렸다.

마운드 위에는 180㎝ 정도 되어 보이는 투수가 손을 허리 아래까지 내려 투구를 하고 있었다.

"데이비스 저 녀석. 정말 오랜만인데. 민우 넌 언더핸드 투수랑 붙어본 적 있어?"

언더핸드 투수는 일반적인 투구와 다르게 허리를 구부리며 팔을 지면과 가깝게 붙여 던지는 투수들을 말한다.

이미 한 번 붙어본 적이 있어서인지 실베리오는 여유 있는 표정으로 민우를 향해 물음을 던졌다.

"아니. 사이드 암 투수는 딱 한 명 봤었는데, 언더핸드 투수는 실제로 본 적이 없어. 지금이 처음이지."

사실이었다.

민우가 보았다는 사이드 암 투수는 LC트윈스의 심정락이었고, 민우의 말 그대로 실제로 보기만 했지 같은 팀 소속이어서 직접 상대를 해보지는 못했었다.

언더핸드 투수는 TV에서 몇 번 본 것이 전부였다.

그중 민우의 뇌리에 강하게 꽂혀 있는 이는 전직 메이저리거인 김병헌이었다.

다리를 가슴까지 크게 끌어올린 뒤, 허리를 푹 숙이며 팔꿈치의 높이가 어깨의 아래로 내려올 정도로 낮게 쓸어 던지듯이 공을 뿌리는 특이한 투구 폼으로 메이저리그를 호령했던 투수가 바로 김병헌이었다.

"공이 떠오르는 것처럼 보여. 실베리오 너는 저 선수가 익숙한가 보네?"

마운드 위에서 연습 투구를 하고 있던 데이비스의 공은 마치 아래에서 위로 솟아오르는 듯이 보였다.

민우의 물음에 실베리오가 거만함이 담긴 표정으로 고개를 끄덕였다.

"고럼! 난 저 녀석 말고도 언더핸드 투수를 여러 명 상대해 봤다고."

"와~ 대단하다. 그럼 이제 노하우를 알려줄 차례네."

민우는 건성으로 실베리오를 칭찬하는 흉내를 냈다.

그 모습에 잠시 민우를 말없이 바라보던 실베리오가 고개를 절레절레 저었다.

"밉상이야 밉상. 그래. 뭐 까짓것 알려줄게. 일단 데이비스는 우완 언더핸드야. 옆에서 공을 뿌리는 특성상 우타자에게는 공이 등 뒤에서 나타나기 때문에 껄끄러운 상대야. 하지만 반대로 좌타자는 시야 확보가 쉽기 때문에 상대하기 쉽다고들 알려져 있지. 속칭 공이 수박만 하게 보인다고들 하니까."

실베리오의 설명대로 우완 언더핸드는 좌완에게 약하다고 알려져 있었고, 대체로 선발보다는 우타자를 상대하는 셋업맨 정도로 등판했다가 내려가는 경우가 많았다.

이외에도 투구 시 체중을 싣기 힘들기 때문에 구속이 떨어지고 공이 가벼워서 타자가 장타를 때려내기 쉽다는 점, 투구 동작이 크고 느리기 때문에 누상에 나갈 시 도루를 성공할 확률이 높다는 점 등이 있었다.

"오버핸드 투수랑은 다르게 언더핸드 투수들은 높낮이보다는 좌우를 이용하는 경우가 많아. 데이비스 저 녀석도 대체로 그런 유형이고."

실베리오의 말에 민우가 고개를 끄덕였다.

"오버핸드 투수보다는 상대하기가 수월하겠군."

"과연 그럴까? 저 녀석은 바깥에서 안으로 휘어들어 오는 커브와 반대로 바깥으로 흘러나가며 떨어지는 체인지업을 구사하는데 특히 체인지업은 좌타자가 까딱 잘못하면 바로 헛스윙이라고."

"그렇게 따지면 좌타자한테도 강한 거 아니야?"

민우의 결론에 실베리오가 피식하며 웃음을 보였다.

"그래도 커브보다는 덜 빠지니까 좌타자가 유리하지. 마지막으로 배터 박스에서의 위치는 홈 플레이트에 바싹 붙어서 스트라이크존의 좌우 폭을 좁게 만드는 거야. 그럼 주로 좌우를 이용하는 언더핸드 투수의 선택 폭이 좁아지겠지? 바깥쪽으로 빠지는 공에 대한 대처도 한결 편해질 테고."

"반대로 생각하면 몸 쪽으로 붙이는 공에는 당할 수도 있는 거 아니야?"

"음. 그렇게 생각할 수도 있지만 투구의 궤적을 생각하면 그것도 마냥 쉬운 건 아니지. 오른쪽에서 왼쪽으로 향하기 때문에 몸에 붙이려면 어지간한 수준의 제구력이 뒷받침되지 않으면 몸에 맞는 공이 되겠지?"

실베리오의 친절한 설명에 민우가 고개를 끄덕이며 웃음을 보였다.

"역시. 실베리오 너밖에 없다."

민우의 칭찬이 진심으로 느껴지자 실베리오가 피식거리기 시작했다.

"인생은 실전이다 민우야. 언더핸드 투수를 처음 상대하는 거라니 4번 타자가 된 첫날부터 고생 좀 하겠네. 무운을 비네, 친구여."

민우의 어깨를 가볍게 두드려 준 실베리오가 곁을 떠나자 민우의 시선은 마운드 위로 향했다.

'살짝 걱정되긴 하지만… 타석에서 보면 어떻게 해야 할지 알 수 있겠지. 가보자고!'

관중석을 가득 채운 홈 팬들의 응원 열기는 이번 4연전 중에 가장 뜨거웠다.

리그 1위 팀의 자존심이 무너져서인지, 어이없는 패배에 화가 난 것인지 모를 날카로운 감정들이 관중들의 목소리에 담겨 있었다.

"식스티 식서스 놈들에게 루징 시리즈를 당할 생각은 아니겠지?"

"오늘 경기까지 지면 3패라고! 3패! 당연히 이겨야지!"

"레이크 엘시노어 스톰의 자존심을 지키라고!"

더그아웃에서 경기장의 분위기를 살피던 채프먼의 시선이 홈 팀 더그아웃으로 향했다.

수비 위치로 나선 선수들 외에 나머지 선수들이 남아 있었는데 그들의 눈빛이 하나같이 매서웠다.

그 모습을 발견한 채프먼의 입가에 묘한 미소가 피어났다.

'레이크 엘시노어 스톰의 팬들과 선수들이 모두 달아올라 있구나. 이런 분위기와 환경 속에서 4번 타자라는 위압감이 더해졌을 때… 과연 네 녀석이 이전과 같은 모습을 보일 수 있을까?'

사실 채프먼은 민우를 4번 타자로 올릴 생각이 전혀 없었다.

하지만 지난 몇 경기의 활약에 더해 기존 4번 타자인 덴커의 부진으로 말미암아 팬 커뮤니티의 원성이 자자하자 고민을 하게 되었다.

'쉽게 4번 타자 자리를 내어줄 수는 없지.'

채프먼은 민우가 4번 타자 자리에 연착륙을 하는 것을 바라지 않았다.

겉으로는 티를 내지 않으려 했지만 가장 가까이서 그를 바라보는 브렌트의 눈에는 이미 그런 정황이 잡히고 있었다.

하지만 그 모든 것이 한심해 보이는 브렌트였다.

'감독님, 당신이 아무리 수를 쓴다 해도 결국에는 민우를 인정할 수밖에 없을 겁니다.'

각자의 생각을 뒤로한 채 4연전의 마지막 경기가 시작되었다.

"플레이볼!"

주심의 외침과 함께 경기가 시작되었다.

슈욱!

팡!

"스트라이크!"

레이크 엘시노어의 선발 데이비스의 투구는 위력적이지 않았지만 스트라이크존의 구석을 찌르며 타격을 어렵게 하고 있었다.

1볼 2스트라이크.

가볍게 다리를 끌어올린 데이비스가 스트라이드를 내디디며 허리 아래에서 공을 뿌렸다.

슈웃!

데이비스의 손을 떠나 스트라이크존으로 향하던 공이 점점 바깥쪽으로 휘며 떨어지기 시작했다.

틱!

“아웃!”

스트라이크존 바깥으로 빠지는 체인지업의 유혹을 이기지 못한 부스가 배트를 내밀고 말았다.

배트 끝에 맞은 타구는 3루수의 앞으로 굴러가고 말았고 자연스러운 송구에 부스는 1루를 한참 앞에 남겨두고 빠르게 아웃이 되고 말았다.

그 모습을 처음부터 끝까지 지켜본 민우의 눈이 동그랗게 뜨여졌다.

‘의외로 바깥에서 안으로 휘어들어 오는 커브로 허를 찌르고, 밖으로 빠져나가는 체인지업의 폭도 꽤나 크다. 그만큼 컨트롤이 좋다는 말이겠지… 만, 쉽게 당할 수는 없지.’

민우의 다짐과는 달리 이후 2번 구티에레즈, 3번 레이븐이 각각 삼진과 유격수 앞 땅볼로 물러나며 대기 타석에 있던 민우는 다음 공격 이닝을 기다려야만 했다.

* * *

1회 말, 식스티 식서스의 선발투수인 밀러가 레이크 엘시노어의 공격을 삼자범퇴로 깔끔하게 막아냈다.

그리고 2회 초.

부웅! 부웅!

민우가 배트를 휘두르며 타석을 향해 천천히 다가가고 있었다.

덴커를 밀어내고 4번 타자로 출전한 민우의 모습이 시야에 잡히자 원정 응원을 온 식스티 식서스의 팬들이 주자가 없음에도 격한 환호를 보내기 시작했다.

"우오오!! 민우!! 진정한 4번의 모습을 보여줘라!"

"강!! 오늘도 한 방 날려줘!"

"홈런! 홈런! 홈런!"

—2회 초, 식스티 식서스의 4번부터 시작됩니다. 오늘 경기에서 채프먼 감독이 라인업에 파격적인 변화를 취했는데요.

—예, 그렇습니다. 지난 시즌부터 4번 타자를 맡아 중심 타선을 이끌던 덴커 선수가 시즌 내내 부진한 모습을 보이자 과감히 선발 라인업에서 제외하는 특단의 조치를 내렸습니다.

—그리고 비어버린 4번 자리를 차지한 선수가 바로 강민우 선수지요?

—예, 그렇습니다. 팀에 합류한지 단 8경기 만에 강민우 선

수는 믿기지 않을 정도로 엄청난 활약을 보여주었지요. 그 기간 동안 홈런을 무려 3개나 때려냈습니다. 펀치력이 있음을 증명한 것이죠.

—과연 채프먼 감독의 선택이 파격일지 무모한 시도일지 오늘 경기에서 같이 확인해 보시기 바랍니다.

자리에 서서 민우가 들어서길 기다리던 포수가 게슴츠레한 눈빛으로 민우를 빠르게 훑었다.

'새로 4번 타자 자리를 차지하더니, 어깨에 힘이 많이 들어가 보이는군.'

포수의 눈에는 민우가 굳은 표정으로 배트를 힘차게 휘두르는 것이 4번 타자로서 무언가를 해내야겠다는 몸짓으로 보인 듯했다.

하지만 민우는 큰 동작을 보이는 것과는 다르게 속마음을 차분하게 정리하고 있었다.

'처음부터 무리하지 말고 일단은 지켜보자.'

처음 접해보는 언더핸드 투수.

아직 한 번도 타석에서 공을 보지 못했기에 감을 잡기 위한 시간이 필요했다.

민우는 실베리오가 알려준 팁을 하나하나 되새기며 천천히 배터 박스로 들어서 배터 박스의 앞쪽, 그리고 홈 플레이트 쪽으로 바싹 붙어서 자리를 잡았다.

마지막으로 허리를 살짝 숙여 배트 끝으로 홈 플레이트 맞은편 끝부분을 쳤다.

'이 정도면 괜찮겠지.'

배트를 가볍게 휘두른 민우가 타격 준비 자세를 취하자 주심도 자리를 잡으며 판정을 위한 준비를 마쳤다.

포수가 빠르게 손을 놀리며 마운드 위의 데이비스에게 사인을 보내기 시작했다.

'초구는 눈높이로 한 번 보여주자.'

고개를 끄덕인 데이비스가 다리를 크게 들어 올린 뒤, 허리를 푹 숙이며 팔을 아래로 내려 휘둘렀다.

슈욱!

데이비스의 손을 떠난 공은 중력을 거스르는 듯 아래에서 위로 계속해서 솟아오르는 듯 보였다.

'볼인가?'

궤적상 눈높이까지 날아올 듯 보이는 공에 민우가 판단을 내리는 순간.

'어?'

홈 플레이트에 거의 도달한 공이 더 이상 떠오르지 않고 올곧게 날아들어 왔다.

팡!

"스트라이크!"

주심은 한 치의 고민도 없이 팔을 들어 올리며 스트라이크

콜을 외쳤다.

'허…….'

민우는 일반적인 궤적과는 전혀 다른 공의 움직임에 허탈함을 속으로 삼키곤 고개를 절레절레 저으며 전광판을 바라봤다.

그리고 전광판에 찍힌 구속이 86마일(138㎞)임을 확인하고는 멍한 표정으로 혀를 빼꼼 내밀어 보였다.

'90마일은 넘어 보였는데, 겨우 86마일이었어? 이거 익숙해지기 전까지 고생 좀 하겠는데.'

능력치 보정으로 실제 구속보다는 훨씬 느려 보이는 공이었지만 그럼에도 전광판에 적힌 구속에 비해 그 위력이 높아 보였다.

실베리오는 분명 데이비스에 대해 높낮이보다는 좌우를 이용하는 경우가 많다고 했었다.

'많다고 했지 절대로 그거라고만 말하지는 않았지. 참… 너무 쉽게 생각했구나.'

포수는 그런 민우의 모습을 보고는 입꼬리를 말아 올렸다.

'이 녀석, 언더 핸드의 공에 익숙하지 않은 거군. 살살 요리하면 되겠어.'

포수는 데이비스가 자신을 쳐다보자 웃음을 보이며 손가락을 열심히 놀렸다.

'하나씩 다 보여주고 머리를 어지럽게 해주자고. 다음은 흘

러나가는 체인지업으로 배트를 유인해 보자.'

고개를 끄덕인 데이비스가 글러브를 쥔 손을 움찔거린 뒤, 크게 키킹을 하며 공을 뿌렸다.

슈우욱!

이번 공은 초구보다 조금 낮은 궤적을 보이며 스트라이크존 한가운데로 향하고 있었다.

마치 배트를 유인하는 듯한 모습에 민우가 앞다리를 내디디며 본능적으로 배트를 돌리려 했다.

그 순간, 공의 궤적이 바깥쪽으로 돌아 나가기 시작했다.

'윽. 체인지업이었어.'

민우는 구종을 깨달음과 동시에 손목과 허리의 근육을 바짝 조이며 배트를 멈추기 위해 노력했다.

데이비스의 공은 스트라이크존에서 흘러나가 포수의 글러브로 빨려 들어갔다.

팡!

동시에 민우의 배트는 아슬아슬하게 홈 플레이트를 넘어갈 듯 말 듯한 모습을 보인 뒤 가까스로 되돌아왔다.

그 모습에 포수는 즉시 3루심을 가리키며 체크 스윙 여부를 확인했다.

3루심은 가볍게 양팔을 벌리며 '노 스윙'으로 판정을 내렸다.

그 모습에 포수가 아쉬운 듯 '쩝' 하는 소리를 내며 투수에게 공을 던져 주었다.

'휴……. 오버핸드 투수와는 궤적 자체가 달라. 진짜 변화 무쌍하구나.'

스트라이크와 볼을 하나씩 주고받으며 볼카운트는 1볼 1스트라이크가 되었다.

'초구는 패스트볼, 2구는 체인지업… 설마 3구가 커브는 아니겠지?'

민우는 순간 설마 하는 생각이 들었지만 너무나도 단조로운 패턴이라는 생각에 고개를 저었다.

그리고 데이비스가 3구를 뿌렸다.

슈욱!

데이비스의 손을 떠난 공이 이번에는 스트라이크존 바깥에서 포물선을 그리듯 살짝 떠오르기 시작했다.

민우는 데이비스가 공을 뿌리는 순간 손의 모양과 공의 회전 방향을 보고는 커브임을 직감했다.

'너무 멀어. 분명 존으로 들어오지 못할 거야.'

데이비스가 뿌린 커브볼은 거의 우타석에 걸치는 것처럼 보일 정도로 크게 빠져 있었다.

그렇게 민우가 배트를 쥔 손에 살짝 힘을 뺀 순간, 귀신처럼 휘어지기 시작한 공이 스트라이크존의 경계를 향해 궤적을 바꾸기 시작했다.

'어? 어?'

민우는 순간 배트를 내밀지 말지 고민했지만 건드려도 좋은 타구가 나오지 않으리라는 판단에 스트라이드만 내딛고 배트를 내밀지 않았다.

팡!

아주 찰나의 순간이 지나고 주심의 콜이 뒤늦게 튀어나왔다.

"스트라이크!"

심판의 판정이 내려지자 원정 팬들이 동시다발적으로 '우우!'하는 야유 소리를 냈다.

—바깥에서 휘어져 들어가는 백도어 커브에 주심은 스트라이크 판정을 내립니다.

—느린 그림으로 보면… 굉장히 애매한 코스로… 음, 들어왔네요.

볼카운트는 1볼 2스트라이크.

타자에게 압도적으로 불리한 카운트가 만들어졌다.

중계진은 중립을 지키기 위해서인지 심판의 볼 판정에 대한 말을 아끼며 심판의 판정을 존중하는 모습이었다.

하지만 당사자인 민우는 아쉬움이 남을 판정이었다.

'헐. 아슬아슬하긴 했지만 존에 걸치지 않았다고 생각했는데…….'

민우가 그 판정에 믿을 수 없다는 표정으로 주심을 바라봤다.

“정말 스트라이크존으로 들어온 겁니까?”

‘루키 선수가 심판의 판정에 불만을 갖는 거냐?’

주심이 미간에 주름을 잡으며 민우를 노려보는 눈빛에 그런 의미가 담겨 있는 듯 보였다.

확실히 빠진 것이 아닌 애매한 코스였기에 심판에게 대드는 것은 부정적인 효과를 가져올 뿐이었다.

‘쩝. 이게 루키 선수의 비애겠지.’

만약 연륜이 있는 타자라면 심판에게 판정에 대해 가볍게 어필을 하며 다음 판정에서 약간이나마 이득을 볼 수 있었을지도 몰랐다.

하지만 심판의 눈에 민우는 이제 갓 8경기를 뛴 애송이 루키 선수에 불과했다. 일부 심판들은 루키 선수에게 보다 엄격한 잣대로 판정을 내린다는 소리를 들은 기억이 있었기에 민우는 조용히 고개를 돌렸다.

‘어차피 지금이 주자가 있는 상황도 아니고, 굳이 대들어서 좋을 일은 없을 거야. 이제 첫 타석일 뿐이기도 하고. 투수에게만 집중하자.’

심판에게 밉보여서 좋을 것이 없다는 판단에 머릿속을 비운 민우가 조금 전의 커브볼의 궤적을 머릿속에 그려 보았다.

‘이런 공이 스트라이크로 들어올 정도라면… 앞선 체인지

업도 그렇고, 까딱 잘못하면 선풍기질만 하다 들어갈 지도 몰라. 바깥쪽은 정말 어렵다.'

잠시 배터 박스에 발을 걸치고 장갑을 매만지던 민우가 다시 배터 박스에 들어서 자리를 잡았다.

'포심, 체인지업, 커브를 순서대로 보여줬다는 건… 그만큼 날 잡아낼 자신이 있다는 의미로 봐도 되겠지?'

힐긋 바라본 데이비스의 표정에는 긴장이라고는 묻어나지 않고 있었다.

'흠, 왠지 자존심 상하는데. 기습 공격을 한번 해볼까?'

생각을 마친 민우가 다시 데이비스에게 집중하기 시작했다.

그 사이 포수는 가랑이 사이에서 열심히 손을 놀리고 있었다.

잠시 뒤, 고개를 끄덕거린 데이비스가 글러브를 쥔 손을 움찔거리고는 가볍게 공을 뿌렸다.

슈욱!

'바깥쪽 느린 체인지업!'

구종의 판단을 내린 민우가 순간 번트 자세를 취하며 배트를 내밀었다.

틱!

데구르르.

타타타탓!

민우가 기습적으로 번트를 시도한 뒤, 뒤도 돌아보지 않은 채 1루를 향해 빠르게 내달리기 시작했다.

—1볼 2스트라이크. 불리한 볼카운트에서 제4구… 앗! 강민우의 기습적인 번트 시도! 곧바로 배트를 놓은 강민우 선수는 이미 1루를 향해 빠르게 내달리고 있습니다!

쌔에에엑!

귓가를 스치는 바람 소리가 매섭게 느껴졌다.

툭!

민우가 베이스를 밟고 지나감과 동시에.

팡!

1루수의 글러브로 공이 빨려 들어가는 소리가 들려왔다.

그 모습에 고민할 것도 없다는 듯, 1루심이 빠르게 양팔을 벌려 보였다.

"세이프!"

—세이프입니다! 공보다 한 걸음 여유 있게 베이스를 밟는 강민우 선수입니다!

—허허허. 4번 타자의 역습이네요. 저희도 완전히 허를 찔렸습니다. 4번 타자가 기습 번트를 댈 것이라고 누가 생각했겠습니까? 정말 재치 있는 모습입니다.

—투수가 흘러가는 공을 잡으려 했지만 미처 잡지 못하고,

3루수가 뒤늦게 공을 잡으러 달려들었지만 수비 위치를 깊게 잡고 있었기에 송구가 지체되고 말았습니다. 강민우 선수의 센스가 참 대단하다고 봐야겠습니다.

—4번 타자에게 이런 예상치 못한 번트로 출루를 내어주는 것은 투수 입장에서는 꽤나 열 받거든요. 거기에 공을 던지던 투수가 기습 번트를 잡기 위해 뛰면 투구 밸런스에 영향이 없을 수가 없거든요. 본인이 생각지도 못한 체력도 소모되고…….

'저 녀석. 4번 타자는 번트를 하지 않을 거라는 상대의 심리를 역이용했군. 상대 심리를 이용하는 법을 알아가고 있다는 말이겠지. 조금씩 조금씩 성장해 나가고 있어. 좋은 모습이다.'

브렌트는 민우의 성장이 보이는 듯하자 얼굴에 만족스러운 미소를 띠었다.

생각지 못한 기습 번트로 허무하게 1루를 내어준 데이비스의 표정이 살짝 굳어 있었다.

1루에서 웃음꽃을 피우며 코치에게 장구를 풀어 넘겨주는 민우의 모습을 보니 괜히 열이 뻗쳐 올랐다.

'저 애송이가……. 발이 빠른 건 알고 있었지만 4번 타자로 나서서 기습 번트를 댈 줄이야. 젠장.'

갑작스런 번트에 투구 동작을 제대로 끝내지 못하고 공을 잡기 위해 몸을 급히 움직였다.

그 때문인지 햄스트링 부근이 살짝 저릿저릿한 느낌이 들어 절로 미간이 찌푸려졌다.

이후 잠시 마운드 주변을 돌며 발을 풀어본 데이비스가 다시 마운드에 올라서며 경기가 재개되었다.

타석에는 5번 타자인 해치가 들어서고 있었다.

민우는 1루에 발을 올려놓은 채 데이비스와의 대결을 복기하고 있었다.

'지금이야 기습 번트가 보기 좋게 먹혀들어 가서 출루에 성공했지만, 다음 타석은 어떻게 될지 모르는 일이야. 데이비스의 투구를 주의 깊게 분석해야 해. 운이 좋게도 데이비스가 모든 구종을 보여줬으니 계속해서 이미지 트레이닝을 해야 한다.'

생각을 정리한 민우가 천천히 고개를 들고 리드 폭을 9피트(2.7m)정도로 잡으며 몸의 중심을 좌우로 분산시켰다.

데이비스는 견제를 위해 등 뒤로 민우를 힐긋 바라본 뒤 키킹 동작 없이 초구를 뿌렸다.

슈욱!

팡!

"스트라이크!"

초구는 해치의 몸 쪽 높은 코스로 들어가는 스트라이크였다.

해치는 스트라이크존으로 들어오는 공을 그냥 보낸 것이 아쉬운지 뒤로 한 발자국 물러나 하늘을 한 번 바라보고는 다시 배터 박스로 들어섰다.

데이비스가 초구를 뿌리는 모습을 바라본 민우의 입꼬리가 살짝 말려 올라갔다.

동시에 민우의 뇌리에는 '도루'라는 단어가 떠올랐다.

'도루를 하기에 더할 나위 없이 좋은 환경이야.'

시선을 홈 플레이트 쪽으로 돌리니 배터 박스에 자리를 잡은 해치의 등판이 보였다.

워낙에 넓은 등판이 포수의 시야를 충분히 가리고 있었다.

'0.01초 벌었고.'

그리고 마운드로 고개를 돌리니 데이비스의 등판이 눈에 들어왔다.

'우완이기에 나를 계속 신경 쓸 수는 없다. 거기에 언더핸드 투수라 투구 동작이 크고 느리단 말이지.'

민우는 해치에게 공을 뿌리는 데이비스의 투구 동작에 키킹이 빠지긴 했지만 일반적인 오버핸드 투수들의 와인드업 자세만큼 동작이 길다는 것을 발견했다.

거기에 민우 스스로의 발도 꽤나 빠른 편이기에 2루, 잘하면 3루까지 연속 도루를 할 수 있으리라는 자신감이 샘솟았다.

'한번 해보자.'

1루 베이스에서 9피트의 리드 폭을 가지고 있던 민우는 상대 배터리가 사인 교환을 끝내자 아주 조금씩 리드 폭을 넓혀 나갔다.

슈욱!

'이크!'

촤악!

순간적으로 날아온 데이비스의 견제구에 민우가 베이스를 향해 빠르게 몸을 날렸고, 등 뒤로 글러브가 와 닿는 느낌이 들었다.

고개를 들어 1루심을 바라보니 1루심은 고민 없이 양팔을 벌려 세이프임을 알려 주었다.

'휘유, 기습 번트에 대한 복수라도 되는 거냐.'

벌떡 일어서 앞섶에 묻은 흙을 탁탁 털어낸 민우가 다시 리드 폭을 넓게 가져갔다.

'네가 이기나 내가 이기나 해보자.'

슈욱!

팡!

촤아악!

촤아악!

촤아악!

연달아 4번의 견제구를 던지는 데이비스의 모습에도 민우는 오히려 웃음을 보이고 있었다.

'그만큼 네가 쫄린다는 증거겠지. 알려줘서 고맙네.'

네 번의 슬라이딩을 한 탓에 민우의 유니폼 앞섶은 흙이 잔뜩 묻어 아예 새카맣게 변해 있었다.

—데이비스 선수가 강민우 선수를 상당히 신경 쓰는 모습입니다. 강민우의 빠른 발을 묶기 위한 것일까요.

—벌써 4개 연속 견제를 하고 있습니다. 고집이 있네요.

—강민우 선수가 큰 웃음을 보이고 있습니다. 하하하하.

"우우우우!!"

"견제하러 올라왔냐?"

"쫄리면 내려가라!"

원정 팬들은 그런 데이비스의 모습에 불쾌함을 느낀 듯 야유를 보내며 그의 신경을 긁어댔다.

오히려 견제를 당하는 당사자인 민우는 불편해 하는 눈치가 아니었다.

'슬라이딩 연습도 시켜주고. 좋네, 좋아. 더더욱 뛰고 싶어졌어.'

민우의 입가에 묻어 있던 웃음이 더욱 진해졌다.

데이비스는 무엇이 마음에 들지 않는지 연신 민우를 힐긋거리며 인상을 써 보였다.

'그냥 좀 잡혀라.'

데이비스의 눈빛은 마치 이렇게 말하는 것 같았다.

그리고 다시 데이비스가 글러브를 가슴 앞으로 끌어올리자 민우가 리드 폭을 넓혀갔다.

10피트(3m).

민우가 현재 안전을 보장하며 벌릴 수 있는 최대 리드 폭이었다.

민우는 온 신경을 데이비스의 왼 다리에 집중했다.

그리고,

타타타타탓!

데이비스가 2구를 뿌리기 위해 왼 다리를 앞으로 내디딤과 동시에 민우가 다리 근육을 바짝 조이며 내달리기 시작했다.

—제2구! 뛰었어요! 2루에 갑니다!

—투수 피치아웃! 2루로 던집니다! 2루에서!

슈우욱!

팡!

"볼!"

민우의 도루를 의식해서일까.

데이비스가 뿌린 2구는 해치의 머리 높이로 날아가는 패스트볼이었다.

포수와 싸인 교환이 있었던 듯, 한 템포 빠르게 머리 높이로 날아가는 공을 포구한 포수가 곧바로 2루를 향해 공을 뿌렸다.

슈욱!

그사이 민우는 2루를 서너 발자국만 남겨둔 상태였다.

촤아아악!

팡!

민우가 슬라이딩을 함과 동시에 유격수가 글러브를 민우의 다리를 향해 내려쳤다.

포수의 송구는 아주 정확했다.

하지만 민우의 다리가 조금 더 빨랐다.

찰나의 차이였지만 판정은 그리 어렵지 않았다.

주심이 양팔을 크게 벌리며 세이프임을 선언했다.

—성공! 도루 성공합니다! 강민우 선수의 시즌 3호 도루!

—대단하네요. 4번이나 견제구를 던졌는데도 도루에 대한 자신감이 더 앞선 것 같습니다.

—피치아웃을 시도했지만 강민우의 스타트가 워낙에 좋았고 발도 빨랐습니다. 2루에서 잡아내기에는 역부족이었네요.

'좋아!'

도루에 성공한 민우가 활짝 웃어 보이며 앞섶을 탈탈 털었다.

데이비스는 그런 민우가 마음에 들지 않는다는 듯 연신 인상을 쓰고 있었다.

'패스트볼에 피치아웃을 했는데도 못 잡았다고? 뭐야 저 자식.'

포수를 바라보니 포수도 어이가 없는지 혓바닥으로 알사탕을 굴리고 있었다.

기습 번트에 도루까지 허용하며 데이비스의 멘탈에 살살 금이 가기 시작했다.

'다음은 3루. 3루까지 가보자.'

여유 있게 도루를 성공한 민우는 내친김에 3루까지 훔치기로 마음을 먹었다.

타다다닷!

슈욱!

팡!

볼!

촤아악!

지체하지 않고 3구에 곧바로 3루를 향해 내달린 민우는 여유 있게 세이프 판정을 받아냈다.

—와, 강민우 선수가 이번엔 3루를 훔칩니다. 연속 도루 성공!

—이야~ 번트 하나로 3루까지 출루하는 대단한 활약입니

다. 순식간에 득점권 주자가 생긴 식스티 식서스입니다.

민우가 또 뛰리라 예상하지 못한 듯, 바깥으로 빠지는 체인지업을 뿌린 데이비스의 얼굴이 보기 좋게 구겨졌다.

무사 주자 1루 상황은 단 3구만에 무사 주자 3루가 되어버렸다.

그때, 포수가 타임을 요청하고 마운드 위로 올라가 데이비스와 무어라 이야기를 나누기 시작했다.

잠시 뒤, 데이비스의 얼굴은 언제 화가 나 있었냐는 듯 다시 무표정으로 돌아가 있었다.

'포수가 올라가서 몇 마디를 하더니, 안정을 되찾았다. 노련한 포수야.'

이후 데이비스는 민우를 신경 쓰지 않겠다는 듯 아예 시선조차 마주치지 않는 모습이었다.

슈욱!

팡!

"스트라이크!"

슈욱!

팡!

"스트라이크 배터 아웃!"

이후 해치는 몸 쪽 높은 패스트볼과 바깥으로 빠지는 체인지업에 허무하게 스윙을 하며 아웃을 헌납하고 말았다.

1아웃 주자 3루 상황.

타석에는 6번으로 타순이 바뀐 실베리오가 들어섰다.

실베리오는 언더핸드 투수를 많이 상대해 봤다는 자신감에서인지 초구부터 강하게 배트를 휘둘렀다.

슈욱!

따악!

스트라이크존의 낮은 코스로 날아온 패스트볼은 실베리오의 배트와 부딪치며 외야를 향해 뻗어나가기 시작했다.

하지만 워닝 트랙 부근까지 날아간 타구는 빠르게 달려온 중견수의 글러브로 빨려 들어가며 플라이 아웃 처리되고 말았다.

그사이 여유 있게 태그업을 한 민우가 홈 플레이트를 밟으며 결국 득점에 성공했고 식스티 식서스가 선취점을 뽑으며 리드를 가져갔다.

—중견수 플라이 아웃! 그사이 3루자 태그 업 하며 홈 플레이트를 여유 있게 밟으며 득점합니다. 스코어 1 대 0. 한 발 달아나는 식스티 식서스입니다.

"잘했어, 인마!"

"한 이닝 도루 2개라니. 대단한 녀석!"

"넌 4번이 아니라 1번으로 갔어야 하는 거 아니야?"

더그아웃으로 들어서자 선수들이 하이파이브를 하며 민우를 향해 한 마디씩을 날렸다.

"왜 이래. 4번 타자 자리는 탐내지 말라고."

민우의 능청스러운 대답에 선수들이 웃음을 빵 터뜨리고 말았다.

이후 7번 타자 갤러거가 체인지업을 건드려 투수 앞 땅볼로 물러나며 식스티 식서스의 공격은 1득점만을 거둔 채 마무리되었다.

경기는 3회까지 안타 1개씩만을 주고받으며 양 팀 모두 소강상태에서 접전을 이어갔다.

그리고 4회 초, 선두 타자로 나선 레이븐이 유격수 키를 살짝 넘기는 안타를 치고 나가며 무사 1루가 되었다.

대기 타석에서 레이븐과 데이비스의 대결을 지켜보던 민우가 타석으로 천천히 걸음을 옮겼다.

데이비스는 그런 민우를 날카로운 눈빛으로 쏘아보고 있었다.

'어휴, 무서워라. 복수의 칼이라도 간 것 같네.'

2회에 당했던 기습 번트, 그리고 연속 도루에 실점까지.

민우 자신이 투수였더라도 지금의 데이비스와 같았을 것이라는 생각이 들었다.

하지만 생각은 거기까지였다.

'뭐, 그건 투수의 사정이고. 나는 내 본분을 다할 뿐이지.'

첫 번째 타석에서의 운은 잊어버리고 4번 타자의 진가를 보여줘야 할 차례였다.

'공의 궤적은 생소하지만 구속은 느리다. 그만큼 공을 보고 판단할 시간은 늘어난다는 말이지.'

각 구질의 대략적인 궤적은 이미 한 번 본 상태였다.

빠른 판단만 이루어진다면 얼마든지 때려낼 수 있다는 자신감이 샘솟고 있었다.

민우는 배터 박스에 자리를 잡은 뒤, 데이비스를 바라보며 입꼬리를 살짝 올려 보였다.

'와라!'

포수와 사인을 교환한 데이비스가 1루를 힐끗 바라본 뒤, 허리를 푹 숙이며 초구를 뿌렸다.

슈우욱!

초구는 전 타석의 초구와 같은 궤적으로 날아오고 있었다.

공의 궤적을 확인한 민우가 전 타석을 바탕으로 한 가상의 궤적을 그리며 빠르게 배트를 돌렸다.

틱!

'어?'

배트를 내민 민우는 손을 타고 올라올 짜릿한 타격감을 예상하고 있었다.

그러나 예상과는 달리 공을 스치며 배트가 휙 돌아가는 바람에 몸을 휘청거리고 말았다.

'공이… 계속 떠올랐어?'

텅!

배트의 윗동을 스친 타구는 백스톱으로 날아가 부딪힌 뒤 멈춰 섰다.

배터 박스에서 물러난 민우가 어리둥절한 표정을 지으며 데이비스를 바라보자 그 얼굴에 미미한 웃음이 떠올라 있는 것이 보였다.

그 모습에 민우는 자신이 데이비스의 투구에 낚인 것임을 알아챘다.

'비슷한 궤적을 보이지만 떨어뜨릴 수도 있고, 계속 솟아오르게 할 수도 있다 이 말이군.'

민우의 뇌리에 문득 당연한 이치가 떠올랐다.

구속이 느린 투수가 살아남는 방법은 자신이 가진 구종의 제구력을 늘려 다양한 코너워크를 구사하는 것.

데이비스의 패스트볼 구속은 끽해야 86마일이 최대였다.

그런 데이비스가 선발진의 한 축을 담당하고 있다는 것은 그만큼 수준급의 제구력을 소유하고 있다는 뜻이기도 했다.

'앞에서는 같은 궤적처럼 보여도 타자의 근처에서 변화를 주는 것이 가능하다 이 말이겠지.'

민우는 다시 한 번 자신의 안일함을 반성했다.

'후우, 좌우를 주로 이용한다는 실베리오의 말은 잊어버리

자. 철저하게 초심으로 돌아가서 상대한다.'

장갑을 매만지며 꽉 조여 맨 민우가 배트를 천천히 다잡으며 배터 박스에 다시 자리를 잡았다.

이윽고 데이비스가 공을 뿌리기 시작했다.

슈욱!

팡!

"볼!"

"볼!"

"스트라이크!"

"볼!"

"파울!"

"파울!"

"파울!"

—아, 데이비스가 강민우 선수를 상대로만 벌써 12구째입니다. 볼카운트가 몰린 이후 강민우 선수가 좋지 않은 코스의 공을 모두 커트해 내고 있어요.

—스트라이크존에 아슬아슬하게 걸치는 데이비스 선수의 제구도 제구지만 좋지 않은 공을 모두 커트해 내는 강민우 선수의 배트 컨트롤도 참 대단합니다. 막상막하에요!

해설진이 민우와 데이비스를 모두 칭찬하는 사이에도 대결은 이어지고 있었다.

슈욱!

딱!

"파울!"

—아! 또 파울입니다. 허허허. 강민우 선수는 여기서 아웃이 된다고 하더라도 투구 수 테러에 성공했기 때문에 큰 타격은 없겠습니다만, 투수인 데이비스 선수로서는 여기서 강민우 선수를 잡아내지 못한다면 투구 수만 낭비한 꼴이 되거든요.

슈욱!

딱!

"파울!"

—또 커트해 냅니다. 14구째! 두 선수 모두 집중력이 대단합니다.

'후우. 저 자식, 선구안이 갑자기 좋아졌어. 어디에 던져도 다 커트해 내고 있어.'

데이비스는 속으로 진땀을 흘리고 있었다.

초구에 배트를 헛돌리는 모습을 볼 때만 해도 이렇게까지 어려운 승부를 가져갈 줄은 상상조차 하지 못한 데이비스였다.

반면, 민우의 표정에는 어떠한 감정도 드러나지 않고 있었다.

민우의 정신은 오로지 데이비스가 뿌릴 다음 공에만 쏠려 있었다.

잠시 땀을 훔친 데이비스가 왼발을 앞으로 내디디며 허리를 숙였다.

슈우욱!

이윽고 데이비스의 손을 떠난 공은 민우가 서 있는 배터 박스 방향으로 날아가기 시작했다.

슈우욱!

'어어?'

민우는 자신의 몸을 향해 날아오는 투구에 순간 당황하며 내밀던 배트를 멈추려했다.

그때, 공의 궤적이 살짝 변화하는 것이 눈에 들어왔고 민우가 본능적으로 멈추려던 배트를 다시 내밀었다.

딱!

하지만 도중에 흐름이 끊긴 타격에는 제대로 된 힘이 실리지 못했고, 손을 울리는 거친 느낌에 민우가 인상을 쓰며 타구를 바라봤다.

퍽!

"아우읏!"

낮은 코스로 쏘아진 민우의 타구는 곧장 3루수의 글러브로 쏜살같이 빨려 들어가는 직선타가 되고 말았다.

1초가 채 지나지 않은 사이에 벌어진 일이었다.

그 모습에 2루를 향해 몇 걸음을 떼던 레이븐이 깜짝 놀라며 황급히 1루로 복귀한 뒤 헛웃음을 내뱉었다.

“와아아!… 아아아…….”

벌떡 일어난 원정 팬들이 아쉬움이 가득 담긴 목소리를 내며 자리에 하나둘 주저앉고 말았다.

—15구! 때렸습니다! 3루 방면 직선타! 3루수가 제자리에서 손만 움직여서 잡아냅니다!

—이야~ 방금 전에 던진 공은 체인지업이었는데요. 이걸 스트라이크존 한가운데에 던지다니, 데이비스 선수, 깡다구가 있네요. 정말 대단합니다.

—하지만 강민우를 잡아내는 데에 공을 15개나 소모했다는 점은 데이비스로서 상당히 아쉽겠습니다.

“와… 저게 하필 저렇게 날아가냐!”

“민우가 진짜 잘 때렸는데… 데이비스가 운이 좋네.”

“아이고 아까워라.”

식스티 식서스의 더그아웃에서 민우의 커트 개수가 늘어나는 것을 흥미진진하게 지켜보던 선수들이 동시다발적으로 아쉬움을 표시했다.

당사자인 민우는 배터 박스에서 두세 걸음을 채 때지 못한 채 눈을 감으며 고개를 들어 올리는 모습으로 아쉬움을 드러냈다.

'몸에 맞는 볼이 될 줄 알았는데… 체인지업을 몸 쪽으로 던지리라고는 생각조차 못했어. 맞는다고 생각해도 끝까지 보고 판단했어야 했는데… 젠장!'

민우는 자신의 섣부른 판단에 화가 난 듯 허리에 손을 얹고 입술을 말아 문 채 데이비스를 바라보고 있었다.

데이비스는 앓던 이가 빠졌다는 듯한 표정을 지으며 포수와 웃음을 주고받고 있었다.

그 모습을 잠시 노려보던 민우는 천천히 몸을 돌려 더그아웃으로 돌아갔다.

이후 5번 타자인 해치가 데이비스의 초구 낮은 패스트볼을 건드려 안타를 만들어내며 1사 주자 1, 2루 상황이 되었다.

더그아웃으로 터덜터덜 돌아온 민우는 의자에 풀썩 앉은 채 입안 가득 풍선껌을 털어 넣고 열심히 씹어대기 시작했다.

"안타를 치지 못한 것이 아쉽더냐."

옆에서 들려오는 목소리에 고개를 돌려보니 타격 코치인 브렌트가 자신을 내려다보며 웃음을 보이고 있었다.

내 얼굴에 그렇게 아쉬움이 묻어나고 있었던가.

그런 생각과 함께 민우가 고개를 저었다.

"아쉽지만 이미 지나간 일이죠. 다음 타석에서는 제대로 날려줄 생각입니다."

민우가 데이비스를 노려보며 다짐을 내뱉자 브렌트가 '허허' 하며 웃어 보였다.

'녀석. 애써 담담한 척을 하는구나.'

"그래. 좋은 자세다. 난 네 녀석이 아웃은 당했을지언정 졌다고 생각하지 않는다."

"그게 무슨 말씀입니까?"

민우가 이해가 되지 않는다는 듯한 표정을 짓자 브렌트가 천천히 말을 이어나갔다.

"스트라이크존에 아슬아슬하게 걸치는 공을 모두 커트해 내지 않았냐. 배팅볼도 아니고 진짜 투수가 던지는 공을 말이지. 그건 집중력에 더해 뛰어난 배트 컨트롤이 뒷받침되지 않는다면 불가능한 일이기도 하다. 까딱 잘못하면 바로 내야 땅볼이 될 수도 있으니까 말이다."

"하지만 결국은 아웃되었지요. 야구는 결과로 말하는 것이 아닙니까?"

"냉정하게 결과만 따진다면 네 말이 맞다. 하지만 이번 타석에서 네가 얻은 것도 있지 않느냐."

"얻은 것… 말입니까?"

"그래. 너는 데이비스의 공을 15개나 보는 경험을 했지 않느냐. 만약 정상적인 상황이었다면 최소 3타석은 걸쳐야 보았을 공보다 더 많이 본 것이라고 할 수 있지. 선발 투수로서 결정적인 순간에 쓰기 위해 숨겨야 하는 패가 있는 법인데 너에게는 이미 그 패까지 꺼냈다고 할 수 있다. 그리고 그것들이 결국 다 너의 경험이 되는 것이다."

브렌트의 말에 민우가 무언가를 깨달은 듯 천천히 고개를 끄덕거렸다.

'경험이라……. 그렇지. 코치님의 말씀이 맞다. 비록 안타를 때려내지는 못했지만 데이비스의 15구, 의도치 않게도 다양한 구종과 궤적을 모두 경험할 수 있었어. 언더핸드 투수를 처음 보는 나로서는 이보다 좋은 경험도 없을 거야.'

민우의 얼굴이 살짝 펴지는 것을 발견한 브렌트가 나지막하게 미소를 지어 보였다.

"후후. 그리고 또 하나, 커트를 성공할수록 타자는 유리한 고지를 점령하는 것이 된다. 투수는 결국 스트라이크를 꽂던지 유인구를 던져야 하지만 계속해서 커트를 당한다는 것은 구위가 타자를 압도하지 못한다는 말이기도 하거든. 투구 수가 늘어날수록 결국 투수의 멘탈이 흔들릴 수 있고, 실투가 나올 확률이 높아지게 되는 것이지. 혹은 칠 테면 쳐보라는 심정으로 가운데에 찔러 넣는 경우가 나오기도 하고."

"일석이조라는 말씀이시군요."

민우의 대답에 브렌트의 미소가 더욱 짙어졌다.

"그렇지. 이제 내가 왜 네가 졌다고 생각하지 않는 지 이해가 되느냐?"

민우 역시 시원한 표정으로 마주 웃어 보였다.

"예. 시원하게 이해가 됩니다. 하지만 결과도 좋게 나와야겠죠?"

"아웃!"

"스트라이크 아웃!"

브렌트와 민우가 대화를 나누는 사이 6번 실베리오가 좌익수 플라이로 물러났고, 뒤이어 7번 갤러거가 허무하게 삼진을 당하며 식스티 식서스는 점수를 내지 못한 채 공격을 끝내고 말았다.

"자, 이제 다음 타석에서 저 녀석에게 본때를 보여줘라."

브렌트는 더그아웃으로 돌아가는 데이비스를 가리킨 뒤, 채프먼의 옆으로 돌아갔다.

5회 초, 식스티 식서스의 8, 9, 1번 타자는 데이비스의 유인구에 계속해서 낚이며 허무하게 삼자범퇴로 물러나고 말았다.

그리고 6회 초.

딱!

식스티 식서스의 2번 타자 구티에레즈가 1루 베이스를 맞고 튕겨 오르는 행운의 안타로 출루에 성공하며 무사 주자 1루 상황이 되었다.

탁!

"아웃!"

하지만 다음으로 타석에 들어선 3번 레이븐이 내야 플라이로 허무하게 물러나며 아웃 카운트 하나를 헌납하고 말았다.

1사 주자 1루 상황.

4번 타자인 강민우가 타석을 향해 천천히 걸어가고 있었다.

'2타수 1안타. 아직까진 무승부야. 하지만 엄밀히 말하면 1안타도 운이 좋았던 거지.'

민우가 배터 박스 앞에서 장갑을 매만지며 데이비스를 바라봤다.

데이비스는 무표정한 얼굴이었지만 눈에는 독기를 품은 듯 민우를 노려보고 있었다.

'전 타석에 투구 수를 많이 소모한 게 억울하겠지. 그래, 더 흥분해라. 그래야 내가 더 치기 쉬워질 테니까.'

민우는 일부러 입꼬리를 말아 올리며 웃음을 보인 뒤, 배터 박스에 천천히 자리를 잡았다.

그 모습을 보던 포수가 시선을 주지 않은 채 천천히 입을 열었다.

"너무 도발하지 마라. 눈 먼 공에 다치기 싫으면."

민우의 입가에 걸린 과한 웃음을 본 포수의 조용한 경고였다.

민우가 고개를 돌려 포수를 바라봤지만 포수는 관심조차

없다는 듯 투수만을 바라볼 뿐이었다.

'또 커트해 대면 몸에라도 맞추겠다, 이건가?'

민우는 잠시 예전에 다쳤던 팔꿈치가 떠올랐지만 이내 고개를 내저었다.

이내 포수에게 신경을 끊은 민우가 배트 끝으로 홈 플레이트 끝을 툭 하고 친 뒤 타격 자세를 잡았다.

이윽고 포수와 사인 교환을 마친 데이비스가 1루를 힐끗 바라본 뒤 글러브를 가슴 앞으로 올리며 숨을 크게 내쉬었다.

슈우욱!

데이비스의 손을 떠난 공이 위로 떠오르며 스트라이크존을 향해 날아오기 시작했다.

'느려. 체인지업이다.'

이미 몇 번 본 공인 데다가 구속이 느린 탓에 구종이 금방 구별이 되었다.

하지만.

팡!

"스트라이크!"

바깥쪽으로 애매하게 걸친다고 생각해 배트를 내밀지 않았는데, 주심의 판정은 스트라이크였다.

포수의 노련한 미트질이 심판을 속인 것이다.

투수에게 공을 던져주는 포수를 바라보던 민우가 고개를 저었다.

'코너워크가 뛰어난 투수에 노련한 미트질이 가능한 포수라. 완벽한 조합이야.'

잠시 생각을 하던 민우가 다시 배터 박스에 자리를 잡자 투수가 공을 뿌리기 시작했다.

슈욱!

"볼!"

2구는 어깨 높이로 날아오는 패스트볼이었다.

데이비스는 자신의 공에 민우가 배트를 움직이지 않는 모습에 인상을 살짝 찌푸려 보였다.

그 모습에 민우가 속으로 미소를 지어보였다.

'내가 널 상대한 공만 해도 19개다. 웬만한 유인구는 눈에 익을 대로 익었단 말이지. 거기에 구속도 2마일 정도 내려갔다.'

그런 민우의 속을 모르는 데이비스가 사인 교환을 마치고는 빠르게 공을 뿌렸다.

슈욱!

3구는 아주 낮게 깔려 들어오는 패스트볼이었는데 궤적상 거의 낮은 쪽 스트라이크존의 가운데로 들어올 듯이 보였다.

그와 동시에 민우가 눈을 빛낸 뒤, 앞다리를 내디디며 타이밍을 잡았다. 뒤이어 벼락같은 허리 회전과 함께 데이비스의 패스트볼을 퍼 올리려는 듯 어퍼 스윙을 시도했다.

그리고 떨어질 듯, 떨어지지 않고 날아오던 공이 민우의 배트와 만나며 깔끔한 타격음을 내뿜었다.
따악!
기다리던 공과 만나지 못한 포수의 미트가 허공을 휘저었고, 타구는 마운드를 향해 쏜살같이 쏘아져 날아갔다.
쑤아악!
투구 동작을 마친 데이비스가 오른쪽으로 몸을 움직임과 동시에 바로 위로 민우가 때려낸 타구가 거친 바람 소리를 내며 스쳐 지나갔다.

—제3구! 칩니다! 어후! 투수 머리 위를 스치는 강습 타구! 정말 위험했습니다!

경기를 중계하던 중계진이 신음성을 내뱉음과 동시에.
"헉!"
아주 찰나의 틈으로 타구에 맞는 것을 모면한 데이비스가 깜짝 놀란 나머지 숨이 턱 하고 막히는 소리를 내뱉으며 자리에 주저앉고 말았다.
'어휴!'
민우 역시 타구가 마운드로 향하는 것에 눈을 동그랗게 뜨고 놀랐지만 빠르게 배트를 내던지고는 1루를 향해 빠르게 내달리기 시작했다.
타타타탓!

그사이 1루에 있던 구티에레즈는 빠르게 스타트를 끊어 2루에 거의 도달해 있었다.

—발 빠른 중견수가 먼 거리를 달려 내려오고 있습니다. 몸을 날리며 글러브를 내밉니다.

내야를 빠르게 뚫은 타구는 땅에 떨어지지 않은 채 좌측으로 휘어지며 센터 방면을 향해 날아가고 있었다.

민우의 장타력을 의식한 듯 약간 깊은 위치에서 수비 위치를 잡고 있던 중견수가 노 바운드 캐치를 시도하려는 듯 먼 거리를 빠르게 달려 내려왔고, 자세 그대로 몸을 뒤로 눕히며 슬라이딩 캐치를 시도했다.

그리고 중견수가 달려 내려오는 것을 발견한 구티에레즈가 2루와 3루 사이에서 잠시 속도를 죽이며 다시 2루 쪽으로 몸을 틀었다.

좌아악!

몸을 날린 중견수가 타구를 향해 글러브를 쭉 뻗었다.

툭!

"아!"

"안 돼!"

"오 마이 갓!"

중견수의 슬라이딩 캐치를 조마조마하게 지켜보던 홈 팬들이 한마음으로 소리를 지르며 양손으로 머리를 감싸 쥐었다.

—슬라이딩 캐치 시도! 아아! 공이 아슬아슬하게 포구되지 않고 글러브의 아랫부분을 맞고 튕겨 나갑니다. 중견수가 놓친 타구가 내야를 향해 데굴데굴 굴러갑니다. 뒤늦게 일어나 쫓아가는 중견수!

—방향을 돌렸던 구티에레즈가 다시 3루를 향해 빠르게 달립니다. 그리고 강민우 선수는 2루에서 멈춰 섰습니다!

중견수가 공을 놓친 사이 구티에레즈는 3루에서 멈춰 섰고, 민우는 2루에 여유 있게 도달한 상태였다.

중계진은 리플레이를 확인하는 듯하더니 상황을 다시 설명하기 시작했다.

—낮게 깔려서 날아오는 패스트볼이었는데 강민우 선수가 놓치지 않고 노련하게 때려낸 타구였는데요. 여기에서 노 바운드 캐치가 가능할 거라는 중견수의 판단 미스가 나오고 말았어요.

—지금 느린 화면으로 보면 타구가 아슬아슬하게 그라운드에 닿고 동시에 글러브를 맞고 앞으로 튕겨 버렸거든요. 레이크 엘시노어로서는 중견수의 판단이 참 아쉽겠어요. 그 결과로 1루타가 2루타가 되었고요.

—네, 그렇습니다. 강민우 선수의 2루타로 1아웃, 주자는 2, 3루로 바뀝니다. 이제 식스티 식서스는 안타 하나면 레이크 엘시노어의 추격에서 격차를 더 벌릴 수 있는 아주 좋은 기회를 맞이합니다.

라인드라이브성 타구를 잡겠다는 중견수의 과욕이 레이크 엘시노어에 화를 부른 것이었다.

욕심을 부리지 않고 원 바운드로 잡았다면 1사 1, 2루가 될 타구가 1사 2, 3루가 되어버렸다.

2루에 도달한 민우는 머리위로 주먹을 쥔 손을 들어 올리며 기쁨을 표현했다.

'생각보다 타구가 멀리 뻗어나가서 위험했다. 조금만 더 멀리 날아갔으면 잡혔을 거야. 확실히 예전보다 파워가 올라가서 그런지 정타가 아니더라도 타구가 멀리 뻗어나가는 건… 역시 버프랑 템의 위력이겠지.'

손을 내린 민우가 목에서 느껴지는 목걸이의 차가운 감촉에 고개를 끄덕였다.

'하지만 조금 전엔 굉장히 위험했어. 만약 중견수가 노 바운드로 잡아냈다면 구티에레즈까지 아웃을 당했을 거야. 능력치가 늘어난 만큼 원하는 방향으로 보내도록 컨트롤하는 훈련도 게을리해선 안 되겠어.'

생각을 마친 민우가 2루를 향해 다가오는 코치에게 보호 장구를 풀어 넘겨주었다.

순식간에 벌어진 일에 관중석에서 경기를 관람하던 홈 팬과 원정 팬의 희비가 엇갈리고 말았다.

홈 팬들은 좌절한 표정과 어이없는 눈빛으로 실책을 범한 중견수를 말없이 바라보고 있었다.

반면, 수백에 불과한 원정 팬은 하나같이 환한 표정으로 연신 민우의 이름을 연호하고 있었다.

"강! 강!"

"역시 믿을 수 있는 건 강민우뿐이다!"

중견수의 홈 송구에 대비해 포수의 뒤에서 대기하고 있던 데이비스는 힘이 빠진 듯한 표정으로 헛웃음을 보이고 있었다.

6회 초, 주자 2, 3루 상황.

타석에는 5번 타자 해치가 들어서고 있었다.

데이비스는 투구 수가 90개를 넘어서며 힘이 빠진 듯, 종전까지 보여주던 칼 같은 제구력이 조금씩 흔들리기 시작하는 모습을 보이고 있었다.

슈욱!

팡!

"볼!"

그걸 증명하듯 초구부터 아슬아슬하게 존을 벗어난 공에 주심의 손은 미동조차 하지 않으며 빠진 공으로 판단을 하고 있었다.

2루에서 그 모습을 바라보던 민우는 역시나 하는 표정을 지으며 데이비스의 얼굴을 바라봤다.

민우의 타구 이후로 데이비스의 얼굴에 자리 잡고 있던 무표정과 독기 어린 눈빛은 어느새 사라지고 살짝 초조해 보이는 표정이 자리하고 있었다.

그 모습에 민우는 자신의 생각에 확신을 가졌다.

'분명 힘이 빠졌어. 구속도 떨어지고 있고, 제구도 무뎌졌다. 이때 몰아붙여야 한다. 해치가 큰 거 하나 때려줬으면 좋겠는걸.'

이윽고 데이비스가 허리를 숙이며 공을 뿌렸다.

슈욱!

데이비스가 선택한 구종은 스트라이크존 바깥에서 휘어져 들어가는 백도어 커브였다.

그와 동시에 해치의 배트가 빠르게 돌아가며 스트라이크존에 걸치는 공을 때려냈다.

딱!

해치가 때려낸 타구는 낮게 바운드되며 민우가 서 있던 자리로 빠르게 쏘아졌다.

'이크!'

깜짝 놀란 민우가 펄쩍 뛰어오르며 타구를 피한 뒤 3루로 내달리기 시작했고, 유격수와 2루수 사이를 뚫어낸 타구가 외야로 굴러가기 시작했다.

타다다닷!

이윽고 3루 코치가 팔을 풍차처럼 돌리는 모습을 본 민우가 지체 없이 3루를 돌아 홈으로 내달렸다.

—빠른 타구가 유격수의 글러브를 피해 내야를 빠져나갑니다! 그사이 3루 주자! 여유 있게 홈으로! 2루 주자까지 3루를 돌아 홈으로 내달립니다! 중견수가 공을 뿌립니다만 유격수가 커트합니다. 해치의 2타점 적시타! 2점을 더 달아나는 식스티 식서스입니다. 현재 스코어는 3 대 0.

—바깥에서 휘어져 들어오는 커브를 해치가 가벼운 스윙으로 잘 때려냈습니다. 유격수의 수비가 조금만 깊었더라면 잡아낼 수 있었을 지도 모르겠습니다만, 어쨌든 데이비스의 제구가 흔들리면서 쉽게 안타를 내어줬다고 봐야겠습니다.

"나이스 득점!"

"좋아! 좋아! 잘했어!"

더그아웃으로 돌아오니 선수들이 하나둘 손을 내밀며 민우와 구티에레즈의 득점을 축하해 주었다.

하이파이브를 마친 민우는 의자에 주저앉으며 상대 마운드를 주시했다.

'데이비스를 상대하는 건 이번 이닝이 마지막이겠군. 덕분에 언더핸드 경험도 제대로 하고 고맙네.'

이윽고 민우의 입가에 만족스러운 미소가 피어올랐다.

이후 6번 실베리오가 데이비스의 초구를 건드려 병살타를 만들며 더 이상의 득점 없이 이닝이 마무리되고 말았다.

이후 소득 없는 공방이 계속되었고, 8회 초 1아웃, 민우가 다시 한 번 타석에 들어섰다.

하지만.

슈욱!

따악!

언더핸드의 느린 공에 몸이 익어서일까.

높게 들어오는 공에 크게 휘두른 배트였지만 정타를 때리지 못한 듯 손을 타고 울리는 울림이 저릿했다.

내야를 벗어나 높이 뻗어나가던 타구는 워닝 트랙을 넘지 못하고 중견수의 글러브로 가볍게 빨려 들어갔다.

1루를 돌아 2루를 향해 천천히 달려 나가던 민우는 역시나 하는 표정을 지은 뒤 빠르게 더그아웃으로 복귀했다.

'이번에도 빗맞은 거에 비하면 비거리가 생각보다 길게 나왔어. 상점이 갱신되는 게… 내일이었나? 괜스레 기대되는걸.'

더그아웃에 돌아온 민우가 상점에 대한 생각에 잠긴 사이 5번 해치마저 좌익수 플라이로 물러나며 삼자범퇴로 이닝을 마치게 되었다.

그리고 8회 말, 7이닝을 무실점으로 지켜낸 밀러가 내려가고 뒤를 이어 새가슴 마틴이 등판했다.

그리고.

딱!

따악!

연달아 들려오는 타격음과 함께 민우가 오랜만에 이리저리 뛰어다니기 시작했다.

8번 타자를 땅볼로 잡아내며 1아웃을 챙긴 마틴은 이후 9번 타자에게 안타를, 1번 타자에게 2루타를 허용하며 순식간에 1아웃 주자 2, 3루가 되어버렸다.

'아이고. 저 녀석이 또 도졌나 보네.'

연속 안타를 얻어맞은 마틴이 육수를 흘리는 게 멀리서도 눈에 선했다.

하늘로 높이 떠서 날아오는 타구라면 민우가 어떻게든 잡으려 노력해 보았겠지만 2개의 안타 모두 내야를 꿰뚫으며 바운드가 되는 타구였기에 민우를 포함한 외야수들이 마틴을 도와줄 수가 없었다.

'차라리 띄우기라도 하면 모르겠지만… 굴러오는 걸 던져서 잡아달라는 건 무리지, 무리.'

이후 기적처럼 2번 타자를 97마일(156㎞)의 빠른 공으로 삼진 처리한 마틴이 3번 벨놈을 상대하기 시작했다.

주자는 2아웃 2, 3루. 안타 하나면 턱밑까지 추격을 허용하게 될 판이었다.

마틴은 턱을 타고 흘러 떨어지는 땀방울을 훔치는 것마저 잊은 채 흔들리는 눈빛을 보이고 있었다.

그런 마틴을 바라보는 델모니코의 얼굴이 살짝 어두워졌다.

'안타 하나면 순식간에 2점이야… 차라리 거를 수 있다면 좋겠지만… 다음 타자가 블랭크스라는게 문제라면 문제겠지.'

메이저리그에서 잠시 내려온 강타자를 상대해야 하는 게 새가슴 마틴이라니.

델모니코가 속으로 쓴웃음을 지었다.

'마틴 저 녀석의 공이라면 충분히 잡을 수 있겠지만… 저놈의 유리 멘탈이 실투를 뿌려대니 원…….'

델모니코는 마틴이 멘탈과 제구력만 다듬는다면 현재 6점이 넘는 방어율이 3점대까지 내려갈 수 있다고 생각하고 있었다.

생각을 이어나가던 델모니코는 벨놈이 배터 박스에 자리를 잡는 모습을 보고는 머릿속을 비우고 글러브를 주먹으로 팡팡 때리며 마틴을 응원했다.

'일단 위기부터 넘겨야지. 초구는 바깥쪽 낮은 패스트볼.'

델모니코의 사인을 받은 마틴이 고개를 끄덕이며 침을 꿀꺽 삼켰다.

그리고 그 모습은 벨놈에게 한층 더 여유를 전해주었다.

'후후후. 날 어필할 수 있는 이런 절호의 기회를 블랭크스에게 빼앗길 수는 없지.'

이윽고 마틴이 세트 포지션으로 빠르게 공을 뿌렸다.

슈우욱!

팡!

"볼!"

털썩!

마틴의 초구는 델모니코가 미트를 가져다 댄 위치보다 크게 빠져나갔고 깜짝 놀란 델모니코가 몸을 들썩이며 겨우 블로킹을 할 수 있었다.

이윽고 2구와 3구마저 스트라이크존을 크게 벗어나는 모습을 보였고, 볼카운트는 순식간에 3볼 노 스트라이크가 되었다.

그 모습에 멀리서 지켜보던 민우마저 고개를 저을 수밖에 없었다.

'제구가 전혀 안 되고 있는 것 같은데… 이거 어째 불안 불안하네.'

보통 이런 경우에는 투수의 공이 하나 더 빠질 것을 예상하고 공을 건드리지 않는 경우가 많았다.

마틴의 제구가 전혀 잡힐 생각을 않자 델모니코는 고민에 빠졌다.

'여기서 스트라이크존에 넣도록 해서 영점을 잡아주는 게 좋겠지만, 스트라이크를 잡으러 들어오는 공을 벨놈이 건드릴 것도 생각해야 한다. 거기에 다음 타자가 블랭크스야. 후…….'

투수를 가장 믿어줘야 하는 포수가 투수를 믿지 못하고 있었다.

'후, 아니야. 녀석은 분명 좋은 공을 가지고 있어. 선택은 하나다.'

델모니코가 결심을 내린 듯 타임을 외치고는 마운드로 뛰어 올라갔다.

잠시 대화를 주고받은 뒤, 마틴의 커다란 눈망울이 눈에 띄게 흔들렸다.

"한 가운데로 던지라고?"

델모니코의 요구는 한가운데로 들어오는 포심 패스트볼이었다.

"넌 할 수 있어, 마틴. 어차피 스코어는 3 대 0이야. 2점 정도는 줘도 승패에는 영향이 없다는 말이지. 그러니까 한 대 맞더라도 상관없어. 넌 그냥 네가 던질 수 있는 최고의 패스트볼을 던져."

'사실 승패에 영향이 없을지는 알 수 없지만… 지금 당장 녀석의 기를 살려주는 것이 중요하니까.'

주심이 다가오는 것을 본 델모니코가 마틴의 등을 팡팡 두드리고는 자신의 위치로 되돌아갔다.

"무슨 이야기를 그렇게 길게 하는 거야?"

벨놈이 웃는 낯으로 던지는 물음에 델모니코가 마주 웃어 보였다.

"네가 바지에 오줌을 지릴까 봐 살살 던지라고 말해줬지."

델모니코의 대답에 벨놈의 얼굴이 살짝 굳어졌다가 다시 펴졌다.

"흥. 보아하니 오줌을 지리는 건 내가 아니라 저 녀석이 아닐까 싶네."

"잡담은 거기까지."

주심의 제지에 둘 다 입을 다물었고 경기가 재개되었다.

델모니코는 가랑이 사이로 손을 넣어 다시 한 번 패스트볼을 강조한 뒤 미트를 팡팡 두드리곤 앞으로 내밀었다.

'자. 여기다. 여기라고. 너의 모든 것을 쏟아부어라.'

아가리를 벌린 미트가 그렇게 외치는 듯했다.

그 모습에 마틴이 침을 꿀꺽 삼킨 뒤, 글러브를 가슴으로 끌어 올렸다.

"후우."

숨을 크게 내쉰 마틴이 이윽고 빠르게 공을 뿌렸다.

슈우욱!

그리고.

따악!

벨놈이 기다렸다는 듯이 돌린 배트와 공이 부딪치며 지르는 비명 소리가 경기장에 울려 퍼졌다.

벨놈이 당겨 친 타구에 1루수 레이븐이 몸을 던져보았지만 간발의 차로 타구를 놓치고 말았다.

"젠장!"

레이븐이 땅을 치며 욕설을 내뱉는 사이 타구는 외야 파울 라인을 타고 튕겨 나갔다.

그리고 우익수 실베리오가 타구를 잡기 위해 열심히 뛰는 사이.

타다닷!

2루 주자에 이어 3루 주자마저 타구를 바라보며 여유 있게 홈으로 향하고 있었다.

순식간에 2점을 내주며 2사 2루의 상황이 되었다.

혼신의 힘을 다해 공을 뿌린 마틴이 적잖이 실망한 눈빛을 보이자 델모니코가 빠르게 마운드로 향했다.

"이봐, 마틴. 넌 최고의 공을 던졌어. 다만 벨놈 저 녀석이 운이 좋았을 뿐이야. 지금 같은 공을 계속 던진다면 저 블랭크스 녀석을 잡는 건 일도 아니라고. 그러니 다음 공도 패스트볼로 부탁한다. 던질 수 있지?"

델모니코의 위로에 마틴은 굳은 얼굴로 고개를 끄덕였다.

그 모습에 델모니코가 미소를 보낸 뒤, 홈으로 되돌아갔다.

팡팡!

'자! 블랭크스의 배트를 유혹해 보자고!'

자리에 앉은 델모니코가 미트를 앞으로 쭉 뻗어보였다.

이윽고 마틴이 2루 주자를 힐긋 본 뒤 세트 포지션으로 힘차게 공을 뿌렸다.

슈우우욱!

한가운데로 향하는 97마일의 강력한 패스트볼에 눈을 번쩍 뜬 블랭크스가 스트라이드를 내디디며 빠르게 배트를 돌렸다.

따아악!

경쾌한 타격음과 함께 높이 솟아오른 타구가 빠르게 내야를 벗어나 센터 펜스를 향해 뻗어나가기 시작했다.

내, 외야를 비롯한 양팀 더그아웃, 그리고 관중석의 모든 이들이 하나같은 시선으로 타구를 쫓기 시작했다.

그리고 그 사이에서 한 명의 선수가 타구를 쫓아 빠르게 질주하기 시작했다.

—초구! 쳤습니다! 좌중간 깊은 곳으로 향하는 하이 플라이 볼! 그리고 타구를 쫓아 강민우 선수가 전력 질주를 합니다!

타다다닷!

민우는 시야 상단으로 보이는 시뻘건 화살표에 굴하지 않고 타구를 눈으로 쫓으며 최선을 다해 펜스를 향해 달려갔다.

민우가 발을 놀릴수록 화살표는 시뻘건 색에서 점점 연하게 변하고 있었다.

'잡는다. 반드시 잡는다!'

발밑으로 느껴지는 그라운드의 감촉이 달라지며 워닝 트랙에 올랐음을 깨달은 민우가 힐긋 펜스를 바라봤다.

끝을 모르고 뻗어 오르던 타구는 워닝 트랙에 가까워지며 빠르게 떨어지고 있었다.

민우는 보폭을 좁게 하며 잰걸음을 하며 점프할 타이밍을 재기 시작했다.

'조금만 더, 조금만… 지금!'

타닥!

"핫!"

기합을 지르며 펜스를 밟으며 번쩍 뛰어오른 민우가 글러브를 든 오른손을 하늘 높이 뻗었다.

'잡혀라!!'

한순간, 경기장에 있던 모든 사람이 숨을 죽이며 그 광경을 지켜봤다.

팍!

탁!

가죽을 때리는 둔탁한 소리와 함께 민우가 바닥으로 착지하며 무릎을 굽히며 공을 번쩍 들어 보였다.

—오 마이 갓! 그가 잡았어요! 엄청난 슈퍼 캐치가 나왔어

요! 엄청난 속도로 타구를 쫓아 달려가더니 펜스를 밟고 나비처럼 날아올라 타구를 잡아냅니다!

—펜스를 넘어가는 타구였지만 포기하지 않았습니다. 마치 펜스 위에 올라선 것처럼 뛰어올라 블랭크스의 타구를 잡아 그라운드로 끌고 돌아옵니다!

—강민우의 아주 멋진 캐치로 3아웃이 되며 레이크 엘시노어의 추격은 여기서 끊어지고 맙니다.

해설자들의 감탄과 동시에 원정 팬들이 하나같이 자리에서 일어나 환호성을 내지르며 만세를 부르고, 기립 박수를 치기 시작했다.

"우아아악!"

"저걸 잡아내다니!!"

"강! 알러뷰!"

"강은 외야의 지배자야! 앞으로 그 누구도 강이 지키는 외야를 뚫을 수 없을 거야!"

더그아웃으로 향하는 민우의 귓가에도 관중들의 환호성이 들려왔다.

'알러뷰?'

귓가를 울리는 그 한마디에 관중석으로 시선을 돌리니 일단의 여성이 '꺄아' 하는 소리를 내며 손 키스를 퍼부었다.

그 모습에 민우가 씨익 웃어 보이자 비명 소리가 더욱 커지는 것이 느껴졌다.

'이것도 나쁘지 않네. 후후.'

뿌듯한 표정을 지은 민우가 더그아웃에 가까워지자 기다리고 있던 마틴이 큼지막한 손을 내밀었다.

"멋진 캐치였어, 민우. 덕분에 살았어."

그 모습에 민우가 피식 웃으며 손을 마주쳤다.

"10개 모으면 밥 사줘."

민우의 말에 마틴이 무슨 말이냐는 듯 멀뚱멀뚱한 표정을 지었지만, 민우는 피식 웃기만 한 채 더그아웃으로 들어서며 선수들과 하이파이브를 나눴다.

9회 초 1아웃 상황, 식스티 식서스는 안타와 2루타를 때려내며 더 달아날 수 있는 기회를 잡는가 싶었지만, 후속 타자가 연속 삼진을 당하며 아쉽게 물러나고 말았다.

9회 말 레이크 엘시노어의 마지막 공격도 비슷한 양상이었다.

선두 타자가 2루타를 때려내며 무사 주자 2루 상황이 되었지만 후속 타자들이 연속 범타로 물러나며 경기는 그대로 식스티 식서스의 승리로 끝을 맺었다.

이날 경기에서 민우는 4타석 4타수 2안타(2루타) 2도루 2득점이라는 대활약에 더해 8회 말, 실점을 막는 결정적인 호수비까지 선보이며 성공적인 4번 타자 데뷔전을 치렀다.

이날 경기로 민우의 시즌 타율은 0.533이 되었다.

식스티 식서스는 민우의 합류 이후 치렀던 9경기에서 무려 8승 1패라는 엄청난 기록을 남기며 시즌 전적 33승 29패를 기록하며 2위 자리로 올라섰다.

시즌 1위인 레이크 엘시노어는 36승 25패를 기록했고 식스티 식서스에 3.5게임차로 쫓기며 선두 자리를 위협받게 되었다.

전반기 남은 경기 수는 9경기가 되었다.

제6장

먼 미래를 내다보다

선수들이 피로에 찌든 몸을 이끌고 버스에 몸을 싣자 이윽고 버스가 출발했다.

한 좌석씩 차지한 선수들이 버스가 출발하자 이내 하나둘 곯아떨어지며 사방에서 코고는 소리가 들려오기 시작했다.

민우는 화음처럼 들려오는 코고는 소리에 피식거리며 고개를 저었다.

'눈 붙이기는 글렀네. 도착하면 10시쯤이려나.'

창밖으로 보이는 풍경은 가로등 하나 없이 거의 허허벌판에 가까웠다.

'역시 땅덩어리가 넓으니 조금만 나가도 벌판에 불빛 하나

없구나.'

선수들은 모두 단잠에 빠져 있고, 주변에 구경할 만한 게 아무것도 없으니 자연스레 생각이 많아지기 시작했다.

'돌아가면 블랙웰한테 바로 에이전트에 대해서 물어봐야 하고, 어머니한테 전화도 한 통 드려야지. 휴대폰을 하나 마련해야 하나…….'

이런저런 생각을 하나씩 정리하다 보니 능력치에 관심이 돌아갔다.

'능력치가 어느 정도 올랐을까?'

시선을 차 안으로 돌린 민우가 머릿속으로 능력치를 떠올렸다.

[강민우, 23세]

[타자]

—파워[E, 53(+11, 12%)/100], 정확[E, 59(+11, 23%)/100], 주력[E, 59(+5, 21%)/100], 송구[E, 55(+5, 37%)/100], 수비[E, 55(+5, 18%)/100].

—종합 [E, 281(+37)/500]

'헉!'

자신의 능력치를 확인한 민우의 눈이 동그래지며 의자에 기대고 있던 몸을 벌떡 일으켰다.

순간적으로 크게 움찔거리는 몸짓에 잠들지 않았던 한두 선수가 잠시 고개를 돌려 민우를 쳐다보더니 피식 웃고는 다시 창밖을 바라봤다.

그 모습을 보고 속으로 한숨을 내쉰 민우가 다시 능력치에 집중했다.

'능력치가 언제 이렇게 올라갔지?'

퀘스트로 받은 보상 이외에도 꽤나 많은 수치의 상승이 이루어진 상태였다.

곰곰이 생각하던 민우가 결론을 내린 듯 고개를 천천히 끄덕였다.

'그동안 성적이 좋기도 했고, 브렌트의 버프 효과로 경험치가 100% 추가로 상승한다고 했었지. 분명 그것 말고는 설명이 안 돼. 이렇게 보니 진짜 대박 버프구나.'

민우의 시선이 능력치의 뒤에 붙은 추가 수치로 옮겨졌다.

각종 효과로 파워와 정확 능력치는 11의 추가 수치가 붙어 있었고, 그 외의 능력치도 각각 5씩의 추가 능력치가 붙어 있는 모습이었다.

'버프에 타격의 신 스킬에 아이템 효과까지 붙으니… 이거 정말 어마어마해졌는걸. 최근에 운이 좋다고 생각했던 타구도 혹시 능력치의 영향인건가?'

민우의 뇌리에 최근에 나왔던 몇몇 타구가 스쳐 지나갔다.

'오늘 경기에서도 있었지. 생각보다 멀리 뻗어나가서 오히려

잡힐 뻔했던 타구가 능력치와 연결하면 딱 맞아떨어진다.'

천천히 고개를 끄덕인 민우가 이내 내심 기대에 찬 눈빛을 띠었다.

'이 정도면 시즌 퀘스트는 별걱정 없이 최고 보상으로 받을 수 있을 것 같고… 추후에 새로운 스킬이나 아이템을 더 얻게 된다면……. 와… 진짜 상상도 안 되네. 흐흐흐. 분명 갱신은 내일이었지?'

마침 내일이 아이템 상점의 갱신일이었다.

하단에 표시된 카트 모양의 아이콘에 집중하니 아주 조그마하게 24시간이 채 남지 않은 시간을 보여주고 있었다.

'아~ 빨리 내일이 왔으면 좋겠네. 특히 그 투구 분석관 스킬이 혹시나 싸게 바뀌지 않았을까 궁금하네. 후흐흐.'

"뭐가 그렇게 좋아서 실실대고 있어?"

언제 깨어났는지 바로 옆자리에 앉아 있던 실베리오가 눈을 비비며 민우를 바라보고 있었다.

"아무것도 아냐. 그냥 좋은 게 생각나서 말이지."

"뭐? 퍼거슨 생각했어?"

퍽!

"악!"

말을 내뱉음과 동시에 눈앞이 번쩍하는 것을 느낀 실베리오가 정수리에서 느껴지는 고통에 낮은 비명을 질렀다.

고통을 참으며 실눈을 떠보니 민우는 무슨 일이 있었냐는 듯 창밖에 시선을 보내고 있었다.

'우씨. 왜 이렇게 민감해? 진짜 반한 거야?'

실베리오는 차마 그 말을 밖으로 내뱉지 못하고 머리를 문지르며 다시 눈을 감았다.

끼이익!

버스가 정차하는 소리와 함께 실내등이 켜지며 목적지에 도착했음을 알렸다.

약간은 피곤한 표정의 브렌트가 천천히 자리에서 일어나며 선수들에게 말을 전했다.

"자, 모두들 수고 많았다. 내일부터 바로 란초 쿠카몽가 퀘이크스(Rancho Cucamonga Quakes)와 3연전이 있는 건 다들 알고 있을 테니 긴말하지 않겠다. 오늘 딴짓하지 말고 푹 쉬어라. 그리고 내일 최상의 컨디션으로 그라운드에 나오도록. 자, 해산."

"예~"

"알겠습다!"

피곤에 절은 목소리로 대답하는 선수들의 몰골을 보아하니 브렌트의 말이 없었더라도 바로 숙소에 들어가 뻗지 않을 이는 없었을 것 같았다.

그 사이에서 유일하게 멀쩡해 보이는 선수는 민우가 유일했다.

'원정 경기가 이래서 무서운 거구나.'

민우의 시야에 표시된 체력은 초록빛을 띠며 한참 여유가 있는 모습이었다.

선수들이 숙소 방향으로 향하는 모습을 본 민우가 천천히 방향을 돌려 사무실이 있는 곳으로 향했다.

'벌써 10시인데… 블랙웰은 아직 사무실에 남아 있으려나?'

사무실에 가까이 다가가보니 문틈으로 빛이 희미하게 새어 나오고 있었다.

'누가 있는 것 같긴 한데.'

민우가 노크를 하려는 순간.

덜컥.

"응?"

문이 열리며 밖으로 나오려던 인영은 문밖에 누군가 서 있는 것을 발견하고는 눈을 동그랗게 떴다.

"민우?"

블랙웰은 밖에 서 있던 이가 민우임을 확인하자 이내 미소를 보이며 안부를 물었다.

"버스가 들어오는 소리가 나더니, 이제 막 돌아왔나 보군?"

"예, 블랙웰은 이제 집으로 가시는 겁니까?"

민우의 물음에 블랙웰이 고개를 끄덕이더니 민우를 지그시 바라봤다.

"그래. 이제 집으로 가려고 하는 거네만… 나한테 할 말이 있나 보구먼?"

"예, 시간 괜찮으십니까?"

잠시 손목에 찬 시계를 바라본 블랙웰이 가볍게 고개를 끄덕였다.

"내 물을 게 있으면 얼마든 찾아오라 했으니, 시간을 내야지. 저쪽 벤치로 가서 앉지."

"예."

블랙웰은 경기장이 한눈에 내려다보이는 카페테리아를 가리키며 발걸음을 옮겼고 민우도 그 뒤를 빠르게 쫓아갔다.

털썩!

"그래, 무엇이 궁금한가."

자리에 앉자마자 던지는 블랙웰의 질문에 민우가 원정 경기에서 있었던 퍼거슨과의 만남에 대해 이야기를 하기 시작했다.

"…해서 제가 여기서 어떤 선택을 하는 것이 옳을지 판단을 도와주셨으면 합니다."

"흠. 보라스 코퍼레이션에서 먼저 찾아왔다라……."

이야기를 모두 들은 뒤 잠시 뜸을 들이던 블랙웰의 입이 천천히 열렸다.

"민우, 자네는 보라스의 별명이 무엇인 줄 아는가?"

"음, 악마… 아닙니까? 사실 잘 모르겠습니다."

민우가 아리송한 표정으로 자신 없이 대답하자 블랙웰이

'허허' 하며 웃어 보였다.

"정답이네. 그의 별명은 여러 가지가 있지 '슈퍼 에이전트', '악마 에이전트'……. 왜 그런 별명이 붙었는지 아나?"

"메이저리그 구단들에게 선수들의 몸값을 최대한 뽑아내서 그렇게 불리는 것이 아닙니까?"

"그렇지. 그렇다면 선수들에게 보라스는 어떤 존재일까?"

잠시 생각을 하던 민우가 천천히 입을 열었다.

"설마… 천사 에이전트는 아니겠지요?"

"그 설마가 맞다네. 선수들에게 그는 천사로 지칭되곤 하지. 왜냐하면 자신들의 가치를 최고로 인정해 주는 건 구단이 아닌 보라스고, 그 보라스가 구단에게서 최고의 계약을 따내오니까 말이야."

"그럼 제가 보라스 코퍼레이션과 계약을 하는 것이 이득이라는 말씀이시군요?"

민우가 성급히 결론을 내리자 고개를 가로저은 블랙웰이 하나의 단서를 붙였다.

"단, 그 선수가 모두의 주목을 받을 정도로 뛰어난 선수여야 한다는 것이 전제 조건이어야 하지. 자네가 들어봤을지도 모르지만 많은 선수가 보라스를 욕하며 계약을 해지하곤 하지. 그 이유가 뭘까?"

블랙웰의 말에 민우의 뇌리에 한국에서 봤던 몇 개의 기사가 어렴풋이 떠올랐다.

보라스의 푸대접을 견디지 못한 한 선수가 보라스에게 해고를 통보했다는 기사.

스프링캠프가 코앞까지 다가왔지만 그때까지도 자신이 갈 팀을 찾지 못해 스트레스를 받던 선수가 보라스 코퍼레이션과 계약을 해지했다는 기사.

그리고 그런 기사에는 선수들이 느낀 감정이 그대로 들어 있었다.

"대형 선수들에 비해 상품성이 떨어지는 선수들의 계약에는 소홀한 모습을 보여서군요?"

민우의 대답에 블랙웰이 고개를 끄덕였다.

"그래. 바로 그게 보라스의 단점이지. 보라스는 인간미라고는 찾아보기 힘든 냉혹한 사람이라네. 대어급 선수들에게는 보란 듯이 대형 계약을 안겨주지만 큰 이익을 남길 수 없는 선수들의 계약은 후순위로 미뤄놓고 거의 신경을 쓰지 않지."

"저에게 그런 이야기를 해주시는 이유가 있겠죠?"

민우의 물음에 민우를 빤히 쳐다보던 블랙웰이 돌연 피식 웃음을 보였다.

"사실 이건 먼 미래의 이야기라고 할 수 있지. 민우 네가 대형 FA계약을 위해서는 메이저리그에서 6년이라는 서비스 타임을 보내야 하니까 말이야. 만약 그때 민우 자네가 모두의 주목을 받고 있다면, 보라스는 자네에게 최고의 계약을 안겨줄 최고의 선택이 될 걸세."

먼 미래의 이야기.

아직 마이너리거 신세인 민우에게는 가늠조차 되지 않는 먼 훗날의 이야기처럼 들렸다.

"하지만 나는 지금 에이전트 계약을 하는 것도 나쁘지 않다고 보네. 아니, 오히려 좋다고 봐야지. 비록 그 대단한 보라스가 자네를 직접 관리해 주지는 않겠지만 자네를 찾아왔다던 에이전트는 분명 자네에게 많은 도움을 줄 테지. 자네가 영원히 마이너리그 계약을 할 건 아닐 테니까. 혹시 모르지. 당장 내일이라도 에이전트가 다른 계약을 따내 자네의 품에 안길지."

블랙웰의 말에 계약서의 조항 중 하나가 민우의 뇌리를 스쳤다.

'상위 리그로 승격 시 기존 계약 말소 후 신규 계약.'

'어쩌면… 에이전트가 이 조항을 이용해 구단을 구슬려서 더 좋은 계약을 따올지도 모르지.'

이윽고 고민을 마친 민우가 후련한 표정을 짓자 민우를 바라보던 블랙웰도 나지막한 미소를 띠었다.

"나와의 상담이 도움이 되었나 보군."

"물론입니다. 늦은 시간에 이야기를 들어주셔서 고맙습니다."

민우가 고개를 꾸벅 숙이자 블랙웰이 민우의 등을 두드려

주었다.

“나도 즐거운 시간이었다네. 부디 자네의 선택이 틀리지 않기를 바라겠네.”

그 말을 끝으로 블랙웰이 천천히 자리를 떴고, 주차장에서 시동을 거는 소리가 잠시 들려온 뒤 차차 멀어져 갔다.

잠시 벤치에 홀로 앉아 있던 민우도 자리를 털고 일어나 숙소를 향해 멀어져 갔다.

인기척이 사라진 카페테리아엔 이윽고 고요한 어둠이 내려앉았다.

* * *

“계약하겠습니다.”

민우는 아침 일찍 일어나자마자 공중전화를 들어 에이전트에게 연락을 취했다.

“알겠습니다. 그럼 바로 경기장으로 찾아뵙도록 하겠습니다.”

철컥!

간단하게 용건을 전한 뒤, 수화기를 내려놓고 돌아선 민우의 눈앞에 한 인영이 나타났다.

“뭐야~ 보라스 코퍼레이션이랑 계약하는 거야? 그럼 그 여신님이 오시는 거야?”

"또 너냐."

민우의 눈앞에서 실실거리는 웃음을 흘리고 있는 이는 바로 실베리오였다.

"또 너냐니. 너무하네. 나만큼 널 챙겨주는 사람이 어디 있다고 그런 섭섭한 말을."

"이게 챙겨주는 거냐? 남의 에이전트를 노리고 있는 게?"

무뚝뚝하게 대답하는 민우의 말에 실베리오가 음흉한 미소를 지어 보였다.

"뭐야? 민우 너 설마… 그 에이전트랑 벌써 이렇고 저렇고 한 거야? 그런 거야?"

실베리오의 장난에 민우가 조용히 주먹을 들어 올렸다.

그 모습에 본능적으로 머리를 감싸 쥔 실베리오가 소리를 질렀다.

"으, 그만 좀 때려라. 안 그래도 요새 타석에서 머리가 안 굴러가는데 다 네 돌주먹 때문이야. 네가 나 책임질 거 아니면 그만 때려!"

억울한 눈빛으로 쳐다보는 실베리오의 모습에 민우가 '피식' 하는 웃음을 보이며 주먹을 내렸다.

"알았으니까 불쌍한 척 그만해."

"티 났어? 후후후."

어느새 능청스럽게 미소를 보이던 실베리오의 눈이 별안간 동그랗게 떠졌다.

"어… 어어?"

그 모습에 민우가 '얘 왜이래?' 하는 듯한 표정으로 실베리오를 바라보다가 천천히 등 뒤로 고개를 돌렸다.

또각또각.

그리고 민우의 시야에 올블랙으로 통일한 의상을 입은 한나 퍼거슨이 보이기 시작했다.

'엥?'

퍼거슨을 발견한 민우의 표정이 곧 실베리오와 비슷한 모양으로 변해갔다.

'바로 온다더니 정말로 바로 왔잖아?'

잠시 정신 줄을 놓고 있던 민우는 지척까지 다가온 퍼거슨에게서 느껴지는 은은한 향기에 겨우 정신을 차렸다.

"강민우 씨. 좋은 소식으로 다시 뵙게 돼서 반갑습니다."

웃는 낯으로 인사를 건넨 퍼거슨이 손을 내밀었다.

그 모습에 민우가 손을 들어 퍼거슨의 손을 맞잡았다.

'부드러워. 헛!'

퍼거슨의 부드러운 피부결에 감탄하던 민우가 퍼뜩 정신을 차리며 마주 인사를 건넸다.

"예, 반갑습니다. 그나저나 근처에 계셨나 보네요? 전화를 끊은 지 10분도 채 지나지 않은 것 같은데 말이죠."

민우의 물음에 퍼거슨이 우아한 미소를 지어 보였다.

"준비된 자만이 기회를 잡을 수 있으니까요. 저 말고 다른 에이전시에서 강민우 선수를 채가면 안 되잖아요?"

퍼거슨의 미소에 다시 한 번 입을 벌리고 잠시 멍하니 바라본 민우가 고개를 털며 정신을 차리려 노력했다.

"멋진 직업 정신이네요. 본받아야겠습니다."

"후훗. 그럼, 바로 본론으로 들어갈까요?"

"예. 멀리 갈 필요 없이 저쪽 카페테리아로 가시죠."

빠르게 자리를 옮긴 민우와 퍼거슨이 계약서를 보며 몇 가지 사항을 조율했다.

"저희 보라스 코퍼레이션에서는 마이너리그 계약에 대해선 일체 수수료를 떼지 않습니다. 강민우 선수와의 에이전트 계약은 오로지 메이저리그 계약에 대해서만 5%의 수수료를 받는 계약입니다."

"저희는 선수의 이미지 관리를 위해 선수의 권한을 위임받습니다."

끊임없이 에이전트 계약에 대해 대화를 주고받기를 얼마나 지났을까.

퍼거슨이 만년필을 꺼내 민우에게 건넸고 민우가 계약서에 사인을 하며 에이전트 계약이 맺어졌다.

"보라스 코퍼레이션의 소속 선수가 되신 걸 축하드립니다. 다시 한 번 잘 부탁드립니다."

"예, 저도 잘 부탁드리겠습니다."

다시 한 번 악수를 나눈 뒤, 퍼거슨이 민우의 계약 조항에 대해 이야기를 시작했다.

"여기 오기 전에 강민우 선수의 계약 조항을 확인해 봤는데 지금 계약이 마이너리그 하이 싱글A에서의 2년짜리 계약이고, 승격 시에는 새로운 계약을 맺는다. 맞죠?"

"예, 맞습니다."

"지금과 같은 활약을 올스타 브레이크 이후까지 꾸준히 보여주신다면 무난하게 더블A로의 승격 소식이 전해지리라고 생각됩니다."

예상치 못한 퍼거슨의 말에 민우의 눈이 동그랗게 떠졌다.

퍼거슨은 그 이유에 대해서 빠르게 설명을 이어나갔다.

"현재 식스티 식서스의 외야 자원 중, 아니, 모든 선수를 통틀어서 강민우 선수만큼의 활약과 빠른 성장세를 보이는 선수가 없는 것이 유리한 점이 있다고 할 수 있습니다. 그리고 프런트에서 가장 관심을 가지고 지켜보던 로빈슨 선수가 교타자임에도 현재 더블A로 승격 후 60경기에서 삼진을 75개나 당하며 문제를 드러내고 있다는 점입니다. 이 외에도 여러 이유가 있지만 역시 가장 중요한 건 강민우 선수의 뛰어난 성장세와 성적이 가장 큰 이유라고 할 수 있습니다."

속사포처럼 쏟아지는 정보에 민우는 정말 조만간에 승격할 수 있을 것만 같은 느낌을 받았다.

"덧붙이자면 다저스의 주전 중견수를 맡고 있는 캠프가 이

번 시즌 심각한 부진을 보이고 있기 때문에 만약 지금 같은 모습을 꾸준히 보여준다면 저는 강민우 선수에게 메이저리그 승격도 꿈 같은 이야기는 아니라고 당당히 말할 수 있습니다."

퍼거슨의 마지막 말에 민우의 입이 쩍 하고 벌어졌다.

더블A를 넘어서 메이저리그까지 넘보고 있는 퍼거슨의 당찬 포부에 어안이 벙벙했다.

'더블A 이야기만 해도 그럴싸했는데… 벌써부터 메이저리그라니… 너무 앞서 가는 거 아니야? 이미 계약한 걸 무를 수도 없고……. 쩝.'

민우의 얼굴에 못미더워하는 기색이 드러났는지 퍼거슨이 가볍게 웃어 보였다.

"지금이야 제 말이 허황되게 느껴지겠죠. 하지만 강민우 선수가 신경 써야 할 일은 하나도 없습니다. 강민우 선수는 오로지 지금처럼 꾸준히 경기에만 온 신경을 집중하시면 됩니다. 모든 일처리는 제가 맡아서 할 것이고, 강민우 선수는 제가 가져온 결과를 보고 판단만 하시면 됩니다."

퍼거슨의 아름다운 얼굴에서 느껴지는 당당한 표정, 그리고 나긋나긋한 말투임에도 할 말을 다 하는 모습에 사라져 가던 민우의 믿음이 약간이나마 되살아나기 시작했다.

'그래. 저렇게 당당하게 말하는데 한 번쯤은 믿어도 되겠지. 나는 그저 경기에만 신경 쓰면 되는 거야. 그러려고 에이전트와 계약을 한 거니까. 음음.'

잠시 머릿속으로 생각을 정리한 민우가 고개를 끄덕였다.

"알겠습니다. 퍼거슨의 말대로 저는 이제부터 계약에 관해서는 퍼거슨에게 일임하고 좋은 성적을 내는 데에만 집중하도록 하겠습니다."

민우의 입에서 만족스러운 대답이 나오자 퍼거슨이 천천히 자리에서 일어났다.

"아주 좋은 판단입니다. 그럼, 앞으로도 종종 연락을 드릴 테니 연락 가능한 번호를 알려주시겠어요?"

그 말에 민우가 돌연 난감한 표정을 지었다.

"아, 제가 아직 휴대폰을 개통하지 않아서… 조만간에 개통하면 제가 먼저 연락을 드리도록 하겠습니다."

"예, 알겠습니다. 그럼 다시 뵐 때까지 계속해서 노력해 주세요."

"저는 휴대폰 있는데… 제 번호라도 알려드릴까요?"

퍼거슨과 인사를 나누던 와중, 갑작스레 옆에서 들려오는 목소리에 민우가 설마 하는 표정으로 고개를 돌렸다.

민우의 옆에는 언제 다가왔는지 의자에 앉아 퍼거슨을 향해 열정적인 눈빛을 날리고 있었다.

"제 번호는 이, 일……."

빡!

"끄악!"

민우의 주먹이 순간적으로 내려쳐지고, 그 주먹의 위력을 그대로 흡수한 실베리오의 정수리, 정수리에서 시작된 고통에 비명을 지르며 몸부림치는 실베리오.

그리고 그 모습이 우스운지 퍼거슨이 '푸훗' 하는 소리를 내고는 민우에게 인사를 하고 빠르게 자리를 떠나갔다.

"가, 가지 마……."

빡!

"아아악!"

겨우 정신을 차리고 떠나가던 퍼거슨을 향해 손을 뻗던 실베리오의 눈이 다시 한 번 번쩍였고, 두배로 밀려드는 고통에 실베리오의 눈가에 결국 물기가 맺히고 말았다.

이날 오후 시작된 란초 쿠카몽가 퀘이크스와의 3연전 중 첫 번째 경기에서 민우는 4번 타자로 출장, 4타수 2안타(1홈런) 2타점 2득점을 기록하며 팀을 또 한 번 승리로 이끌었다.

그리고 경기가 중반 정도 진행됐을 즈음, 구단 내 소식통에 의해 민우가 보라스 코퍼레이션과 계약을 했다는 소식이 LA다저스의 단장 네드 콜레티의 귀에 빠르게 들어갔다.

'역시 보라스로군. 강민우는 단 9경기밖에 뛰지 않았는데 그것만으로도 남들이 모르는 무언가를 발견했다는 말인가. 무섭군, 무서워.'

고개를 절레절레 흔든 콜레티가 이내 책상 위에 놓인 서류를 뒤적거리기 시작했다.

그리고 어느 한 부분에서 멈춰선 콜레티의 미간이 살짝 찌푸려졌다.

'후. 이 정도로 빠르게 적응할 줄은 몰랐으니 무어라 할 수는 없지만… 이 조항은 실책이군. 실책이야.'

콜레티의 눈에 자신에게 찾아온 민우의 에이전트가 이 조항을 가지고 몇 개의 패를 내밀지 벌써부터 고개가 절로 저어졌다.

* * *

자신의 방으로 돌아온 민우가 장구가 담긴 가방을 한쪽에 내려놓고는 침대에 털썩 주저앉았다.

'포인트 상점!'

띠링!

—상점의 물품과 가격이 갱신되었습니다.

—현재 보유 포인트 : 2,645

—포인트 상점을 이용하시겠습니까?

—포인트 상점을 이용하시려면 '상점'을, 포인트 상점을 닫으시려면 '닫기'를 외치십시오.

상점을 오픈하고 설명을 읽으며 갱신이 되었음을 확인한 민우의 눈이 보유 포인트를 보고는 놀란 듯 크게 뜨여졌다.

'뭐가 갱신됐나 확인해 볼… 어? 뭐야? 포인트가 왜 이렇게 많아졌지?"

분명 지난 번 상점을 이용했을 때 배트와 목걸이를 사고 남은 잔여 포인트는 1,640포인트였던 것을 똑똑히 기억하고 있었다.

그런데 현재 보유 포인트는 예상보다 많은 2,645포인트였다.

생각보다 많은 포인트에 민우가 미간을 찌푸리며 머리를 굴리기 시작했다.

'그 사이에 퀘스트는 분명… 두 개가 있었지.'

포인트는 항상 퀘스트를 깨고 받을 수 있었다.

지급되는 포인트의 양은 전부 달랐고, 추가 보상이 있는 경우도 있었다.

그리고 포인트 상점이 생긴 이후 발생한 퀘스트는 '위대한 타자를 향해 달려라!'와 'One Shot Two Kill!' 이외에는 없었다.

'퀘스트를 성공하면서 포인트는 각각 300포인트랑 50포인트였고, 추가 보상으로 50포인트를 더 받았어. 그럼 총 400포인트가 추가되어서 2,040포인트여야 계산이 맞는데……. 다른 것에서 포인트를 얻은 기억은 없는데, 도대체 나머지 605포인트는 어디에서 생긴 거지?'

계속해서 머리를 굴리던 민우의 뇌리에 무엇인가 스쳐지나갔다.

'혹시… 안타나 홈런을 때린 것에도 포인트를 주는 건가?'

그 외엔 딱히 이유라고 할 만한 것이 없었다.

안타부터 시작해서 홈런에 도루, 타점, 득점까지……. 어쩌면 보살도 포인트를 주는지도 몰랐다.

추측은 가능했지만 확신은 불가능했다.

'정확히 확인할 방법이 없어. 포인트를 주는지 아닌지는 확인해 볼 수 있겠지만, 만약 준다고 해도 어떤 게 얼마큼의 포인트를 주는지는 계산이 힘들어.'

답이 없는 문제를 푸는 것처럼 해답을 찾으려고 할수록 머리가 지끈거리는 것이 느껴졌다.

결국 고개를 흔든 민우가 단순한 결론을 내렸다.

'지금 당장 중요한 건 이게 아니잖아. 어차피 얼마를 주는지 알아봤자 내가 안타를 하나 더 칠 수 있는 것도 아니고.'

민우는 미련을 버리니 후련해짐을 느끼고는 고개를 끄덕거렸다.

'이제 포인트 상점에 쓸 만한 게 생겼는지 확인해 보자. 상점!'

띠링!

—포인트 상점을 이용 중입니다.

—일주일마다 상품의 종류, 가격이 변동됩니다.

—구매하실 상품의 이름과 가격, 사용 조건을 확인하세요.
—포인트 상점에서 구매한 상품의 구매 철회는 불가능합니다.

상점을 실행하며 민우가 가장 먼저 확인한 것은 특성 강화 상점이었다.

'보자보자. 투구 분석관… 투구 분석관…….'

민우가 찾고 있는 것은 30,000포인트라는 엄청난 가격으로 민우를 경악하게 만든 특성, '투구 분석관'이었다.

그리고 곧 원하는 것을 발견한 듯 민우의 눈이 동그랗게 떠졌다.

그리고.

"헐."

민우의 입에서 어이가 없다는 듯한 소리가 새어 나왔다.

7. 투구 분석관 : 투수의 구종을 예측할 수 있다.—33,000p

'뭐 이런… 가격이 3,000포인트나 더 올랐잖아?'

설렘 가득한 표정을 짓고 있던 민우의 얼굴이 순식간에 시무룩한 표정으로 뒤바뀌어 버렸다.

'이건 진짜 너무하네. 약 올리는 것도 아니고 말이야. 내가 지금 가진 포인트가 2,645다! 2,645라고!'

일주일간 모은 포인트의 10배가 넘는 가격은 너무나도 절망

스러운 차이였다.

하지만 시무룩해 있던 것도 잠시, 민우가 다시 눈을 빛내기 시작했다.

'이건 어쩔 수 없다 치고, 다른 쓸 만한 게 생겼는지 찾아봐야지.'

투구 분석관에 미련을 버린 민우는 포인트 상점부터 하나씩 살펴 내려가기 시작했다.

'흠. 능력치 가격은 도긴개긴이네. 이건 뭐 포인트 낭비나 다름없으니 됐고.'

포인트 상점은 이전과 별반 차이가 없었다.

큰 폭으로 가격이 떨어지지 않는 이상 하나 정도 사는 것은 무의미해 보였다.

빠르게 포인트 상점을 닫은 민우가 스킬 상점을 살피기 시작했다.

'어떤 스킬이 새로 나왔을라나? 기왕이면 싸고 좋은 게 있으면 좋을 텐데.'

천천히 스킬 목록을 스캔하던 민우가 순간 눈에 이채를 띠었다.

'싸다! 이건 사야 돼!'

민우가 바라보고 있는 스킬은 타자 스킬 중 하나인 '대도' 스킬이었다.

3. 대도(Active)—500p

—경기당 한 번 사용 가능.(체력 5소모)

—스킬 사용 시 바로 적용.

—순간적으로 주력이 10상승합니다.

'500포인트면 완전 떨이다. 분명 지난번에… 2,000포인트였지? 이것보다 더 싸게 나오기는 힘들 거야.'

빠르게 머리를 굴린 민우가 고개를 끄덕이고는 스킬을 구입했다.

'3번, '대도' 스킬 구입.'

—'대도' 스킬을 구매하였습니다.

—500포인트가 소모됩니다.

—현재 보유 포인트 : 2,145

스킬을 구입하며 500포인트가 빠져나갔지만 민우의 입가엔 옅은 미소가 떠올라 있었다.

'이 스킬은 효용 가치가 높아. 분명 이름만 봐서는 주루 플레이에서만 사용할 수 있다고 판단하기 쉬워. 하지만 조금만 비틀어보면… 틈이 있어. 예상치 못한 수비 상황에서도 사용할 수 있을 거야.'

민우가 이렇게 생각한 이유는 설명 부분에서 다른 스킬과의 차이를 보이는 부분을 발견했기 때문이었다.

경기당 한 번만 사용이 가능한 점이 명시된 것은 몇 개의 스킬을 제외하고는 동일했다.

하지만 다른 스킬들이 한 타석에서 효과 적용이라던가 하는 사용 시 적용 범위가 명확히 구분되어 있었다면, '대도' 스킬은 그 적용 범위가 명확히 명시되지 않아 포괄적인 범위에서 사용할 수 있으리라는 판단을 한 것이다.

'스킬 사용 시 바로 적용. 이게 조건의 전부라 이 말이지. 후후후. 내 생각이 맞는지 내일 경기에서 테스트해 보자고.'

이후 스킬 목록을 더 훑어보았지만 딱히 특별해 보이는 스킬은 보이지 않았다.

'아무래도 능력치 등급이 올라야 더 다양한 스킬이 나오겠지.'

고개를 끄덕거리며 생각을 마친 민우가 아이템 상점과 특성 상점을 빠르게 훑고는 상점을 종료했다.

털썩.

"후아~"

침대에 걸터앉아 있던 자세 그대로 뒤로 드러누운 민우가 크게 숨을 내뱉으며 천장을 멍하니 바라봤다.

새하얀 천장을 바라보고 있으니 민우의 뇌리에 낮에 있었던 에이전트와의 대화가 스멀스멀 떠올랐다.

'내가 메이저리그에 올라가는 게 꿈 같은 이야기가 아니라

고 했지……'

민우가 천천히 손을 들어 천장을 향해 뻗어 보였다.

'에이전트와 계약도 했고, 유용한 스킬도 하나 건졌고…….
이젠 내 하기 나름이다. 에이전트의 말대로 난 지금처럼 경기
에만 집중하면 되는 거야.'

민우가 하늘로 뻗었던 손을 이내 콱 쥐어 보였다.

『메이저리거』 4권에 계속…